SUKINAKO NO SHINYU NI
HISOKANI SEMARARETE IRU 2

SUKINAKO NO SHINYU NI
HISOKANI SEMARARETE IRU 2
「私のご主人様になってくれないかしら」

小田のすぐにわかる『トルネード・パニック』講座！

瀬古：何この講座？

『トルネード・パニック』はジャンピで連載中の
大人気少年マンガ、**通称『トルパニ』**。
風魔法を操る主人公がヒロインを襲う魔物たちを
撃退する話である！

瀬古：知ってるって。本当に何だよこれ？

アクションだけではなく、
風魔法によって発生するちょっと**エッチなシーン**も
見どころの一つ。

そして我の推しはウインドちゃん。
巨乳だ。否、それだけではない。
やや天然だけど、
主人公が弱っている時に見せた
優しく包み込むような母性がファンの間では……

瀬古：小田、**ストップストップ。**

他にも魅力的なヒロインはいる。
チャイナドレスがコスチュームの**フウ**だ。
主人公に対しツンケンしてしまい**素直になれない**ところも可愛らしい。

そして何よりもフウは―― 瀬古氏の**推し**だ。

瀬古：……はい。

好きな子の親友に密かに迫られている2

土車 甫

角川スニーカー文庫

24181

SUKINAKO NO SHINYU NI
HISOKANI
SEMARARETE IRU 2

CONTENTS

口絵・本文イラスト／おれあず
デザイン／小木曽和希（LUCK'A Inc.）

おそらく、どん底にいた俺を引き上げてくれた彼女に初めて抱いた念は尊敬だった。

でも俺は男で。彼女は魅力的な女の子で。

それが恋に変わるまで時間なんて必要なかった。同時だったといっても過言ではないほどに、俺は一瞬で恋に落ちていた。

彼女の理解者になりたい。彼女の隣に並び立てるような男になりたい。そして、その場所にずっといたい。

そんな思いを胸に、次第に彼女と距離を縮めていき、偶然にも彼女と同じ高校に進学した俺は入学式初日に告白し……玉砕した。

だけど諦めることができなくて。彼女の優しさに甘え、それ以降、何度も告白しては振られる日々を送っている。

俺と彼女の関係はハリネズミのジレンマだ。近づきたいけど、近づきすぎるとお互いを傷つけることになってしまう。だから絶妙な距離感を保たないといけない。

そんな俺たちは今、仲良くやっていけている。それこそ周りが不思議がるくらいに。

それはやっぱり、彼女の親友、日向《ひなた》の存在が大きい。

思えば、俺は日向にも甘えていたんだと思う。

俺が夜咲《やざき》に告白する度に日向が「やめろ！」と止めに入ってきて、俺はそれに従う。ここまでがワンセット。告白は一日一回までと自分の中で決めているため、その日はそれでおしまいになる。それが自分にとってちょうどよかった。

だからだろう。夏休みの間も家の最寄り駅から夜咲と二人で移動し、日向と合流した後に告白を行うようにしていた。初めは無意識だったが、その自分の行動に気づいた時には妙に納得した。

そんな日向だが、彼女もまた、俺の身近にいる女の子の一人だった。

初めて会ったのは高校の受験会場だった。あの時のことを今も鮮明に覚えている。短く揃《そろ》えられた黒髪は、高校に入学して再会した時には明るく染められていた。だけど俺はすぐに分かった。あの時の女の子だと。

だから気になって、彼女の自己紹介をしっかり聞いていた。彼女が元陸上部だと知ったのもその時だ。

ただ、日向は再会後ずっと夜咲を庇《かば》うように俺の前に立ちはだかってきていたから、彼女と仲良くなるのは難しいかなとも思っていた。

高校に入学してから初めて夜咲を遊びに誘う際、日向のことも誘うことにした。夜咲に同性の友人ができることを願っていたのもあったし、本人にもそう伝えたが。本当は、俺自身も彼女と仲良くなりたかったからかもしれない。

無事に夜咲の親友というポジションに定着していった彼女だが、一方で、俺の中では夜咲の親友という枠を超えた大きい存在となっていった。

そして。夏休みも終わりが近づいてきていたあの日。

彼女から、ある誘いを受けた。

「あたしのこと、好きにして」

あの娘《こ》の代わりに。

そう言って彼女はその身を俺に差し出してきて。

自分の中に抑え込んでいた感情が湧き上がってくるのを感じて。

俺は、恋人でもない彼女を抱いてしまった。

◇

夏休みも終わりを迎え、新学期が始まってから二週間ほどが経《た》った。

今日で何度目だろうか。この部屋に来たのは。俺が罪を重ねたのは。

「きて」

学校指定のシャツをはだけさせた彼女は、ベッドに横たわり俺を呼ぶ。

俺もベッドに上がり、彼女に手を伸ばす。

「あっ……ん」

他のクラスメイトは見たことがない彼女の柔肌に触れる。ピクッと身体《からだ》が跳ねた。

初めはお腹《なか》を摩《さす》る。それだけでも彼女は反応し、艶のある声を漏らす。

「っ……あぁ……」

息が荒くなったところで手を上に動かし、彼女の双丘を優しく包む。先ほどより強い反応を示した。

「瀬古《せこ》ぉ……」

何かを期待しているかのような視線を彼女は向けてくる。

そんなはずないのに。俺の脳が都合よく解釈しているだけなのに。

今だけはそういうことにして。手のひらで彼女の弾力のある身体を楽しむ。

段々と部屋の中を漂う彼女の匂いが強くなっていき、頭の中が彼女のことで充満してきて。彼女の甘ったるい声が響くようになり……。

「今日も……解消、できたね」

覆い被《かぶ》さった状態。耳元でそう囁《ささや》いてくる彼女の身体を抱きしめる。すると彼女も抱きしめ返してくれて。体が沈んでいくのが分かる。

まるで太陽のような彼女の身体はあたたかくて、だけど近づきすぎると焼け焦げてしまうほど熱くて。

幸福感に満たされながら、一丁前に持っている罪悪感に押し潰されそうになる。

こんなことを続けていてはいけない。そんなことは分かっている。

夜咲と付き合うまで。それがこの関係の継続条件。

俺がやることは何も変わらない。

教室に着くなりこのクラスで一番目立つ女の子のそばに駆け寄り、今日も俺は想《おも》いをぶつける。

「心の清廉さは、まるで穢《けが》れを知らぬ雪のよう。今日も白雪のように美しいぞ、夜咲！」

第八話　じれっと、残暑

夏休みが明け、新学期を迎えたといってもクラスの面子《メンツ》が変わることはない。

だけど、この世は諸行無常なんてよく言ったもので。少しずつ変わるものはあって。

夏休みに入る前までは黒かった髪が明るくなった男子が数人。

どこか雰囲気が垢抜《あかぬ》けて大人っぽくなった女子たち。

夏休みという長期休暇が明けて久しぶりに会ったクラスメイトたちは、度合いは違えど、多少の変化が見受けられた。

そして、おそらく。俺も例外ではないのだろう。

今日で、新学期が始まってから二週間ほどが経った。

夏休みは終わったというのにまだ残暑が続く日々。

授業と授業の間の短い休憩時間。俺たちの過ごし方は相変わらずで。

夜咲《やざき》の席に集まって、たわいもない話をしていた。

「先週行ったケーキバイキング、美味《おい》しかったなぁ」

行った時のことを思い出して頬を緩ませる日向《ひなた》。

「晴《はる》、本当にあのお店が気に入ったのね」

「うん！　瀬古《せこ》の情報って意外と当たり多いよね」

「意外は余計だ」

抗議を入れると、日向はぷぷっと楽しそうに笑った。

話題に上っているお店は近所にできた有名なケーキバイキング店。テレビに取り上げられているのを見た俺が二人に教えると日向が食いついたので、早速先週末に三人で行ってきたのだった。

有名なだけあって、ケーキの種類は豊富、そしてその味もまた格別だった。特段甘いものが好きなわけでもない俺でも、おぉっと唸《うな》ったほどだ。

だけど一番に思い出すのは、ケーキを口にして頬を緩ませる夜咲と日向の顔だった。

夜咲の反応自体は控えめだったが、たしかに弛緩《しかん》した表情を浮かべ、心なしかケーキを口に運ぶフォークのスピードが速くなった気がした。

日向はもう分かりやすいくらいに、それこそ美味しそうに食べるその姿を見るだけでこちらも満足してしまうほどだった。

……本当に、幸せそうで。俺は食べることを忘れて、その様子をずっと眺めていた。

「……瀬古くん？」

「へ？」

不意に夜咲に名前を呼ばれ、素っ頓狂な声が漏れる。

席に座っている夜咲の表情を窺《うかが》うと、怪訝《けげん》そうで、そしてどこかもの悲しさを覚えた。

「その、少しボンヤリしているように見えたから。どうかしたのかと思って」

「あ、あぁ。ちょっと寝不足でさ。そのせいで意識飛んでたかも」

「……そう。授業中に寝たらダメよ？」

「あはは、精進するよ」

夜咲の綺麗《きれい》な瞳に見透かされないように、空笑いで何かを覆い隠す。

しかし、とん、と二の腕部分に何かが触れて。じっと伝わってくる熱に剝がされそうになる。

「瀬古、さっきの授業中もぼーっとしてた時あったよね」

隣に立つ日向は俺の顔を覗《のぞ》き込むようにしながら、そのようなことを言う。

「黒板見ろ、黒板」

「べ、別に瀬古のこと見てたわけじゃないから。瀬古の席があたしの前だから、視界に入ってくるだけで……ね、寝てたら美彩《みさ》に報告するからね！」

「俺のこと監視する気満々じゃないか」

「う、うるさいっ」

ぐっと体重をかけられる。ワイシャツの薄い生地越しに伝わる熱がさらに高まった気がする。

その熱に浮かされそうになり、意識を逸《そ》らすために夜咲に視線を戻すと、彼女は俺と日向の間を見つめたまま固まっていた。

「夜咲？」

声をかけると夜咲の体がピクッと反応し、その視線は俺の顔の方に移り。

もう何度目か分からない、見惚《みと》れてしまうほど魅力的な笑みを彼女は浮かべた。

「どうかしたのかしら、瀬古くん」

「あ、いや、ぼーっとしてるように見えたからさ」

「……ちょっと考え事をしていたの。それにしても、ふふ。さっきとは逆のやり取りね」

「はは、本当だ」

どこかおかしくて、夜咲と一緒に小さく笑う。

すると、また腕にかかる重みが増した気がした。

「失礼」

俺たち三人以外の声が聞こえた。瞬間、熱を帯びていた腕が冷え込んでいく。

「ご歓談中のところすまないが、少し瀬古氏を借りてもよろしいだろうか」

俺たちに声をかけてきたのは小田《おだ》だった。丁寧に申し入れをしてくる。

「俺に何か用事？」

「うむ。ちょっと野暮用《やぼよう》でな」

具体的なことを言わない感じ、二人には聞かれたくない内容なのだろうか。

そうであれば場所を移した方がいいだろう。二人に視線を送る。

「……オタくんが困ってるなら、行ってあげれば？」

「……そうね。瀬古くんは小田くんのお友達でもあるものね」

二人から許可が下りた。隣から「ぬ、ぬぅ」と引き攣《つ》った声が漏れる。

「い、痛み入る。では瀬古氏、我らの席で」

どこかぎこちない様子の小田に連れられ、俺たちは自分の席へ戻る。

新学期の始まりの日に行われた席替えによって移動した俺の席。

窓側の一番端で、真ん中の席。場所自体に文句はないが、唯一の隣の席が全く交流のないクラスメイトになってしまった。

「ねえ、見てよ姫。夏に海に行った時にインスタントカメラで撮った写真、現像してみたんだけどさー」

「どれどれー？　ぷっ。きゃははは。何これウケる！　ブレまくりじゃん！」

「笑いすぎ！　でも……ぷっ。あはは、なんかアタシも笑えてきた！」

「まあまあ。これも良い思い出じゃないー？　一つネタができたと思えば儲《もう》けだし！」

「えー。こんなひどい顔、他の人に見せられるわけないじゃんかー」

「え、見せて見せて。……あはははは。これはひどい、傑作！」

「あんたも笑いすぎー。もぉー！」

賑《にぎ》やかな声が隣から聞こえてくる。派手な金色の髪が印象的な隣の席の姫宮《ひめみや》のところには休憩時間の度に人が集まっており、こうして姦《かしま》しい声を響かせている。

「瀬古氏。少しばかり相談があるのだが構わないだろうか」

一つ前の席に座った小田は体を翻し、早速本題を切り出してきた。

「いいよ。そんな改まらなくても、友人の相談ならいつでもウェルカムだ」

「瀬古氏！　その心意気に我は猛烈に感激しておる！　……しかし、その、だな」

何か言いづらそうにしている小田は、周りをキョロキョロ見ながら手招きをしてみせる。

俺がそれに従って顔を寄せると、

「トルパニの話をしてしまうのだが、よろしいだろうか」

と耳打ちをしてきたので、「あー」と納得の声が漏れた。

トルパニ、正式名称『トルネード・パニック』は少しエッチな内容が含まれた少年マンガであり、俺がそれを愛読していることを夜咲には隠しているのだ。

小田の配慮のおかげで二人からは距離を取ることができた。さすがに向こうまで声は届かないだろう。

加えて、隣には大きな声で話し、時にはわっと笑う集団がいる。

「大丈夫だ。気を遣わせて悪いな」

「なに、瀬古氏が気にやむことではない。それでは早速本題に移るのだが、我が所属する漫研部では文化祭で同人誌を出すことになったのだ」

「同人誌？　即売会でもすんの？」

「あいや、色々手続きが面倒故、金銭が発生するようなことはしない。展示して自由に見てもらう予定だ」

「へぇ。それで、相談ってのは？」

「うむ。我はそこでトルパニの二次創作本を出そうと思っているのだが、どうもキャラの解釈が上手《うま》くいかんのだ」

「え？　トルパニのキャラなら小田は十分詳しいだろ。俺、そこで小田に勝てる自信ないんだけど」

「たしかに一トルパニファンとして全てのキャラの把握はできておるのだが、やはり二次創作となると推し以外の理解度がいまいち足りておらんのだよ」

「あー、なるほど」

それは俺にも思い当たるところがあった。

作中で小田が推しているキャラが取った行動に違和感を覚えた際、後に小田から説明を受けて納得がいったことがある。

その時、漫画のキャラではあるが、特定の人物以外の人となりというものは意外と理解できているようでできていないことを知った。

俺は創作といったものに触れたことはないが、キャラを動かすとなるとそのキャラに対してかなりの理解度を求められるのかもしれない。

となれば、描きたいキャラを推している人に聞くのが、そのキャラを理解するための一番の近道と言える。

……ん？　ってことは、小田が俺に相談したいことって……

咄嗟《とっさ》に教室の反対側を覗《のぞ》く。彼女らは相変わらず談笑しており、こちらに来る気配はない。

視線を前に戻すと、俺の行動をまじまじと見つめる小田が無言で頷《うなず》いた。それがどこか俺を慮《おもんぱか》ったものに感じる。

「ここに我の作ったプロットがある。瀬古氏にはあるキャラの行動に違和感がないか確認してもらいたい。欲を言えば意見もいただきたいのだ」

「……なるほどね」

小田に渡された数枚の紙をざっと確認する。トルパニはいわゆるハーレムものなのだが、小田は各ヒロイン一人だけと出会い、そして結ばれるＩＦの物語を描こうとしているらしい。

登場するヒロインは全員ではないが、話の通りその中に俺の推しキャラがいた。

「もちろん断ってもらっても構わない。その際は不出来なものを出すのは心が痛む故、取り下げることになるのだが」

「いや、やるよ。てかやらせてくれ。そして完成したものを読ませてくれ。友人の作る作品であることを除いても、これはぜひ読みたい」

　プロットの書かれた紙を軽く握りしめながら答える。

　すると小田は満面の笑みを浮かべ、少し照れ臭そうにメガネを弄《いじ》り始める。

「む、むふっ。そう言ってもらえるのは作り手として、そして友人として非常に嬉《うれ》しく思うぞ！　それではお願いしてもよいだろうか」

「あぁ。俺の解釈でよければガンガン聞いてくれ。それで、スケジュール的には大丈夫なのか？」

「うむ。あらかたのプロットは組めておるし、絵を描くスピードも上がった故、時間的には問題ないと考えておる。……問題があるとすれば我ではなく部長かもしれんな。描きたいテーマはあるみたいなのだが、どうもインスピレーションが湧いてこないらしく。未《いま》だプロットは白紙のままなのだ」

「そっかぁ。部長さんも間に合うといいな」

「うむ。我が力になれることがあればいいのだが」

　部長のことを考え、腕を組んでうーむと唸る小田。

俺はそんな友人の情の深さに笑みをこぼす。

小田はどこか包容力のある男で、これまでに悩みを聞いてもらったこともしばしば。

その度、夜咲と違ってズバリ答えをくれるわけではないが、自分の中に潜んでいる答えを見つけるきっかけとなる言葉をくれた。

部長さんも一度、彼を頼ってみればいいのにと思う。

……まあ、俺も彼に打ち明けられていない悩みはあるのだが。

「文化祭の出し物といえば、我がクラスは一体何をするのだろうか」

先ほどの話題は終わったみたいで、文化祭関連でクラスの出し物の話に移る。

「たしか今日のＬＨＲの時間に決めるんだっけ。やっぱり高校となると規模は中学の時より大きいよな」

「うむ。我々ができる範囲も広がり、より一層生徒が主体の祭りとなるだろうな」

「楽しみだけど、それだけ準備も大変ってことだよなぁ」

夜咲が文化祭実行委員でクラスの出し物を取り仕切る役にあるため、今年の秋の自分はそのサポートに邁進《まいしん》しているだろうなと想像する。

すると小田はどこか得意げな表情を浮かべ、「それだけではないぞ、瀬古氏」と言って続ける。

「もちろん準備も重要だが、我が校に限ってはクラスの出し物の成功の鍵は体育祭にあると言える」

「体育祭に？」

うちの高校は「運動の秋、文化の秋。ならばどちらも秋にやってしまおう」というとんでもない理由で、連続した月に体育祭と文化祭を行うスケジュールとなっている。そして体育祭は文化祭の約一ヶ月前に開催されるのだが、それがどうして文化祭に影響するというのだろうか。

ピンと来ていない俺に、小田はムフッと得意げに鼻を鳴らしてから教えてくれた。

我が校の体育祭は学年混合でクラスによって組み分けされる。例えば、一年から三年のA組が一つのチームとして競争に参加するのだ。各学年五クラスずつなので、計五チームが競い合うことになり、最終的に順位が決まる。

文化祭では各クラスが出し物をすることになっているが、学年の指定エリア以外、その場所は現時点では決まっていない。というのも、体育祭の順位によって出店場所の選択優先権を得られるからだ。

出店場所によって集客数が変わることは素人《しろうと》の俺でも分かる。校門から離れれば離れるほど客足は少なくなるだろう。

これが、生徒たちにどちらの祭りも本気で取り組んでもらうために作られた制度であり、小田の言うクラスの出し物の成功の鍵らしい。

説明を受けてなるほどなあと納得していると、隣から「ねえ」と声をかけられた。

「今の話ってマジ？」

振り向くと、まさかの声の主は姫宮で、その視線はバッチリと俺たちを捉えていた。

あんだけ騒いでいたのに、こちらの会話も耳に入れていたとは。ギャルの情報収集能力の高さに驚く。

「マジか、だってさ」

「う、うむ！　情報源は我が部の先輩たち故、確かなものであると断言できる！」

突然のギャルの襲来で緊張しつつも、小田はなんとか質問に答えてみせる。

「へぇ〜、先輩から聞いたんならガチっぽいね〜」

「えー、これ体育祭頑張んないとじゃん。必死に走ってるとこ見られるの恥ずいんですけどー。顔ブスになるしっ」

「わかりみー。まあでも、みんなで一生懸命何かをやるのって青春って感じがしてありじゃない？」

「青春！　アオハル！　いいじゃん、いいじゃん。やる気出てきたわー」

「アタシの走る姿に見惚《みと》れる男子が出てくるかもしんないしねー」

「それはなしよりのなし」

「ひっどー！」

盛り上がるギャル集団に圧倒され、俺たちはただその様子を呆然《ぼうぜん》と眺める。

ただ体育祭に対してやる気を出してくれたのは嬉しい。それは結果的に文化祭の成功に繋《つな》がるから。

ひとしきり騒いだところで姫宮がぱっとこちらを振り返り、体の前で手を合わせてみせた。

「ごめんね～、瀬古っちに小田っち。急に話しかけちゃって」

「な、なに。気にするでない」

「小田っち優しい～。部活の方でなんか作るんしょー？　頑張ってね！」

最後に小田に激励の言葉を送った後、姫宮は集団の会話に戻っていった。

まさか漫研部の同人誌作りの話まで聞かれていたとは。姫宮のそばではあまり迂闊《うかつ》な会話はできないな。

先ほど交わした小田との会話の内容を振り返る。……うん、あの子の名前は出してなかった。これならまだ最悪な事態にはならないだろう。

しかし、さっきから小田の様子がおかしい。顔を俯《うつむ》かせたまま体をプルプルと震わせている。

「小田？」

大丈夫かと声をかけたその時、

「瀬古氏……オタクに優しいギャルは実在したのだな！　それにまた我のあだ名が増えたぞ！　うぅ、不意打ちのダブルパンチを喰《く》らって我の体はもつのだろうか……！」

顔を上げ喜びの声を上げる小田。そのメガネの奥では瞳が爛々《らんらん》と輝いていた。どうやら感極まっていただけだったらしい。

友人のその歓喜ぶりに、俺は呆気《あっけ》に取られながらも心を安らげるのだった。

◇

今日は金曜日。一週間の内この日だけは最後のコマにＬＨＲがある。

普段は将来のことを考えたり、または誰かの講話を聞いたりする、いわゆる総合学習の時間なのだが、イベントが近くなるとそれ関連の決め事を行う時間となる。遠足の時のグループもこの時間に決めた記憶だ。

今朝に小田と話をしていた通り、今日は体育祭と文化祭について話し合う時間となる。

体育祭では様々な競技が用意されており、各生徒は最低一つ以上の競技に参加することが義務付けられている。各競技に定員があるため調整は入るが、基本的に本人の希望する競技に参加することになるだろう。

文化祭では各クラスで出し物をすることになっている。何をするかは学校側が許す範囲で生徒が自由に提案していいらしい。

ＬＨＲは通常の授業とは性質が異なり、いつも気の抜けた時間になるのだが、今日ばかりはクラス全員が気を張っている。やはり学校行事にかける熱は格別らしい。

「……というわけで、だ。出たい競技だけに参加するのもいいけど、文化祭を存分に楽しみたいならしっかり話し合えよ～」

例の制度についての説明を終えた松居《まつい》先生はそんな忠告をして、用意したパイプ椅子に座り脚を組んでリラックスし始めた。一方で、クラスメイトの表情には真剣味が増す。

「おぉ。小田っちの言ってた通りじゃん」

隣で姫宮が呟《つぶや》く。小田の面子《メンツ》が保たれてよかった。

「じゃあ、後はお前らで進行していって」

担任である松居先生のそんな投げやりな進行により、話し合いが始まった。

まず初めに体育祭実行委員の男女二人が教室の前に出る。

壇上に立つと、男子の方が手に持った一枚の紙を見ながら黒板に文字を書き連ね始めた。

どうやら体育祭で用意されている競技の一覧らしい。

書き終えたところで、こんがりと焼けた肌に短いポニーテールが特徴的な女子――早川《はやかわ》が快活な声で話し始めた。

「競技名の横にある数字は各競技の定員です！　定員通りの人数に調整する必要はありますが、一旦はみなさんの希望を聞こうかなと思います！　それでは今から早川が上から競技名を言っていくので、出たい競技の時に手を挙げてください！」

一部のクラスメイトから「はーい」「了解」などと了承する声が返ってくる。それを受けて早川は黒板の方を向き、「それでは……」と一つ目の競技名を読み上げようとしたところで、再びこちらを振り返った。

「先に言おうとしてたのに忘れてました！　早川は全部に出たいです！」

どうでしょうか、と元気よく問いかけてくる早川。

まさかの全競技参加希望にクラスはざわめき始める。

「たしかに早川が全部出てくれたら優勝に近づけるよな」

「早川さんフィジカルお化けだもんね～」

「早川が全部参加って、そんなのチートじゃね？」

クラスメイトの会話を聞く限り、早川の運動神経はずば抜けているらしく、そんな彼女をフル活用できるのであれば得点を荒稼ぎできるというもの。

ただ、それはやや卑怯《ひきょう》な感じもする。ルール上問題がないのか判断が付かない俺たちの視線は、我関せずとばかりにぼーっとしていた松居先生に集まった。

俺たちの視線に気づいた先生は、面倒臭そうに頭を掻《か》きながら疑問に答える。

「あー。全競技に定員オーバーもなく、クラス全員が最低一つ出ているなら何でもいいぞ。現にうちではよくある戦法だ」

先生から、つまり学校側からの許しが出たことで、クラスの意思は迷いなく一つになる。

「それでは、不肖早川、全競技に出場させていただきます！」

誰も異を唱えることはなく、早川の無双が決定した。

こうして全競技の枠が一つずつなくなった。これにより一人当たりの参加する競技数が減ったわけだが、それに安堵《あんど》している者もいることだろう。

チラッと横に顔を向けると、夜咲の表情が少し明るくなっているのが見えた。やはりなと心の中で呟く。

彼女はミステリアスだと周りは言うが、そんな先入観を捨ててしっかりと彼女を見ると、実は表情豊かな可愛《かわい》らしい女の子なのだと分かる。

そのことを皆に知ってもらいたい半面、彼女の魅力を独り占めしたい気持ちも持っているのが自分の卑しいところだ。

「立て続けの提案で申し訳ないのですが！」

早川のよく通る声が聞こえてきて思わず振り返る。別に構わないが、早川ばかり進行していて相方の男子の影がどんどん薄くなっていってるような気がする。

「もし可能であれば、日向さんにも全出場していただけないかと思っています！」

「あ、あたしも？」

日向の困惑した声が後ろから聞こえた。

「そうです！　早川と日向さんが組めば百人力！　このクラスを優勝に導くために是非お力添えをいただきたいです！」

「うーん……あたしにそんな大役務められるかな」

「中学時代、陸上で早川に無敗だった日向さんが何を言いますか！」

二人の会話を聞く限り、どうも早川も日向と同様、中学の時に陸上をやっていたらしい。なんとなくだが、当時、早川は日向をライバル視していたのではないかと思えた。それくらい日向を見つめる早川の目力は強い。

「無敗って言っても、最後の方は早川さんに勝つのもギリギリだったんだから。……最後の大会、もしあのまま走ってたら、負けたのはあたしの方だったかもしれないよ」

日向の落ち込んだトーンの声が耳を通り、俺の心臓をきゅっと摑《つか》んだ。

日向は中学の最後の大会、スタートを切った瞬間に膝を怪我《けが》してしまい、そのまま退場することになったのだと以前に本人から聞いたことがある。

「そんなの分かんないじゃないですか！　……早川は、憧れてたんです。いつも早川の前を走る日向さんの背中を。今回は味方同士なので競い合うことはありませんが、共に走っていただけたら早川は嬉《うれ》しいです！」

日向が弱音を吐いてもなお引き下がらない早川。「うぅ」という日向の弱った声が聞こえた。

しかし、クラス全員からフィジカルお化けだと称された早川にそこまで意識されている日向って一体。もちろん彼女が運動神経抜群な女の子であることは重々知っているが、もしかしたら俺たちは彼女の本気をまだ見ていないのかもしれない。

もし、そうなのであれば。俺はその姿を見てみたい。

後ろを振り返る。笑顔を浮かべているが眉は八の字になっている日向の表情が見えた。

俺の視線に気づいたのか、日向がこちらを振り向いた。視線が交わり、一瞬だけ、この空間には俺たち二人だけしかいない、そんな感覚に陥ってしまう。

その感覚から抜け出せたのは日向が視線を外したから。壇上に立つ早川に顔を向き直したことで再び見えたその横顔は、心なしか赤く染まっているように見える。

日向はこくりと頷《うなず》き、机の上に置かれている手で拳を作った。そして、

「……やる。あたしも、出るよ」

さっきまで乗り気ではなかったはずなのに、ついには早川の誘いに応じたのだった。

「やりました！　早川、また日向さんと一緒に走れて嬉しいです！」

弾んだ声を出す早川に「あはは。頑張るね」と返す。その笑みが、どこか引っかかった。

こうして我がクラスのツートップが全競技に参加することになったことで、クラスは少しずつ熱気を高めていく。優勝の可能性が見えてやる気を出すのはなんとも現金な話ではあるが、クラスメイトの人間性なぞこの際どうでもよく、それが祭りの成功に繋がるとな

れば素直に喜ぶことができるといったもの。

その後は元の進行に戻り、人数を調整するために話し合いを挟みつつ全競技の参加者を決めていった。

体力に自信のない夜咲がどうなるか少し心配だったが、借り物競走というあまり実力の出ない競技に出場することが決まって一安心。夜咲もほっと胸を撫《な》で下ろしていた。

そんな他人の心配ばかりしていた俺はというと、中途半端な運動能力のせいか、余った競技に参加することに。結果、ちょっと頑張らないといけない事態に陥ってしまい苦笑を浮かべるのだった。

◇

体育祭の決め事が終わったところで、次は文化祭についての話し合いが始まった。

早川たち体育祭実行委員と代わるようにして、文化祭実行委員である夜咲と高橋《たかはし》が前に出る。

「今日決めないといけないのはクラスの出し物で何をするかよ。一応、私の方で過去の出し物を参考にいくつか無難な案を用意しているのだけれど、まずはみんなの意見を聞かせて欲しいわ」

凛《りん》とした声で話し合いを進めていく夜咲。彼女についていけば何事も成功に導いてくれる、そんな心強さがある。

ガヤガヤと騒がしくなる教室。学校行事の中でもトップレベルで青春を感じられる文化祭についてだ。先ほどより賑《にぎ》やかな声が飛び交う。

「はいはいはい！　ここはやっぱりド定番のメイド喫茶とかどうよ⁉　ぜってぇ客もたくさん来るぜ！」

坊主頭のクラスメイト、猿山《さるやま》が勢いよく挙手しながら立ち上がり、提案する。

その内容に教室がまたざわめき始めた。特に男子陣が興奮している。

それも仕方がない。なんせメイド服には男のロマンが詰まっているから。それを身近な存在である同級生が着る、というのはなんとも言い難い特別感があるはず。

メイド服を着た女性を見たいだけなら、そういったお店に行けばいいだけだ。なんなら秋葉原に行けば街中で見かけることだってできる。それで満足することができないあたり、誰が着ているのかも重要なのだろう。

かくいう俺も、その姿を見てみたい女子がこのクラスにはいる。

果たしてこの提案が通るのか、意識を夜咲に向けると――

「却下よ」

短く、端的に、鋭い口調でその提案を却下した。

すぅ、と夜咲の息を吸う音が聞こえ、言葉が続けられる。

「まず確認なのだけれど、それを着るのは女子なのよね」

「あ、あぁ。男が着ても仕方がないだろ？」

「そうね。となれば、その出し物は女子にかなりの負担を強いることも理解しているのかしら。当日、来場者との間でトラブルが起きる可能性もあるのよ？」

猿山が「うぐっ」と鈍い声を漏らした。

夜咲は更に続ける。

「どうしてその衣装に価値があるのか。それは着てくれる人が少ないから、つまりは大半の女子がそれを公の場で着たいと思っていないの。現に私は公衆の面前でそのような格好をしたいと思わないわ」

完膚なきまでに説き伏せられた猿山は項垂《うなだ》れてしまい、そのまま席に座ってしまった。

このやり取りを見て、教室中に緊張感が走る。

「つ、次。いいかな？」

控えめに手を挙げた女子に、夜咲は「どうぞ」と発言を許可する。

「最近わたしがハマってるんだけど、脱出ゲームなんてどうかな。謎解きを準備してさ、解けたら教室から出ることができるの」

今度は飲食系ではなく実際に体験して楽しむゲーム系だった。

ぼんやりと想像してみるが、これなら当日の負担を抑えることができそうだ。

「悪くないわね」

夜咲が一言呟《つぶや》く。提案した女子も安堵の表情を浮かべるが、「けれど」と言葉が続いた。

「謎解きをするのだから、他のグループと一緒にはできないわよね。そうなると、謎を解き終わるまで教室を出ることができないルールと相性が悪いわ。部屋のスペースは限りがあるもの。できて同時に二組までかしら」

「せ、制限時間を設定するのはどう？　実際のお店もそうしてるんだけど……」

「たしかにそうすれば回転率は改善されるわ。けれど、満足度はどうかしら。謎を解明できないまま退出することになった客はモヤモヤした気分で帰ることになるでしょうし、リベンジするためにまた来店する人が増えたら列は長くなって新規の集客が見込めなくなるわ。実際のお店は利益に繫《つな》がるからそのようなモデルにしているのでしょうけど、飲食店以外はお金を取ってはいけないから、私たちがそれを採用するメリットは少ないわね」

またもや正論を並べて説き伏せてしまう夜咲。脱出ゲーム案も却下された。

「うわ、すっごぉ」

またもや隣から独り言が聞こえた。おそらく夜咲のバッサリ具合に対する感想だろう。

他のクラスメイトも同じ感想を抱いたのか、その後もポツポツと案は出てきたがその度に夜咲が説き伏せるように却下していき、遂《つい》には誰も手を挙げなくなってしまった。

「他に案のある人はいないかしら」

夜咲の問いかけに反応はなかった。

完全に静まり返った教室。近くの誰かと相談する者もいない。衣擦《きぬず》れの音すら出すことを躊躇《ためら》われるほど重たい空気に支配されていた。

夜咲の能力の高さは誰もが認めているところだし、実際、彼女の言っていることは正論である。だから誰も言い返すことができずに撃沈していく。

しかし、それでも夜咲は同級生なんだ。同じ教室で同じ授業を受けている者同士でしかない。

そんな、同じ立場の人間相手に否定され続けることを喜んで行うなんて、一部の奇特な人間を除いているわけがない。

この状況はなるべくしてなった。一クラスメイトとしてはそう言わざるを得ない。

だけど。俺は夜咲の友人として。……彼女のことをずっと想《おも》っている男として。たしかに彼女のやり方は間違っているのかもしれないけど、彼女のやっていることは肯定したい。そうだ。夜咲の言い分は正しいし、彼女の文化祭を成功させたいという気持ちは痛いほど伝わってくる。それを否定することなんてあっていいわけがない。

彼女が不器用なのは今に始まったことじゃない。この空間でそれを一番よく知っているのは、俺だ。そこだけは譲れない、譲りたくない。

だから。クラスのためにも、彼女のためにも、俺のためにも。俺ができることをやるん

だ。

あの時、彼女が変えてくれたから。今の俺にはできる。

「ないのであれば私が用意した案を……あ」

僅かに眉を下げた夜咲は教室を見渡し、まっすぐ天井に向かって伸ばされた俺の手を目で捉えると、少しばかりトーンの高い声を漏らした。

「瀬古くん。何か案があるのかしら」

心なしか表情が明るくなった。声色も明るい。

これが夜咲にとって救いの手になるのなら嬉《うれ》しい。

「確認なんだけどさ、これって今日中に決めないとまずい？」

「いいえ。早ければ早いほど進行が助かるけれど、今日中に決める必要はないわ。来週の金曜日、この時間にまた話し合いの時間を設けるつもりだから、その時間までに決めることができたらいいかしら」

「そっか。それならさ、次回までの一週間で案を募る形にしない？　適当な紙に書いて回収する形を取ってさ」

俺の提案を聞いて、夜咲は顎に手を当てて思案顔を浮かべる。

そして、数秒ほどで得心がいったように一つ頷いた。

「そうね。今日はもう時間がないことだし、瀬古くんの言う通りにしようと思うわ。先生、用紙の準備をお願いできますか？」

「え？　私がやんの？」

「お願い、できますか？」

「……はいはい。やるよ、やらせていただきますよ」

夜咲の圧に屈した先生が承諾する。若干ヤケになった感じもするが。

「というわけで後日、用紙を配るのでそれに希望する出し物を書いて……そうね、高橋くんに渡してちょうだい。高橋くん、お願いできるかしら」

自分に話が振られると思っていなかったのだろう。高橋はわたわたと慌てながら「わ、分かった！」と勢いよく返事をした。

「最後に、記入の際の注意事項なのだけれど……」

ふと、夜咲と視線が交わる。

「記名は不要よ。出し物のことだけを書いてくれればいいわ」

夜咲が話し終え、続くようにして授業の終わりを告げるチャイムが鳴り、こうして本日の文化祭の出し物についての話し合いは終了した。

◇

昼間はまだ夏だと感じるが、夕方頃になると少しだけ秋が顔を出してくる。

下校中、家が立ち並ぶ道の間を通る風に当たりながらそんなことを思っていると、

「瀬古くん」

隣の隣を歩く夜咲に名前を呼ばれた。そして、

「さっきはありがとう。本当に助かったわ」

笑顔を浮かべた夜咲に、お礼を言われてしまった。

その笑顔に魅了されながら、気恥ずかしさも相まって顔が熱くなる。

「あ、あぁ。でも別にあれくらい、夜咲でも思いついただろ？」

平常心を装いながら返すと、夜咲はゆっくりと頭《かぶり》を振った。

「あの時の私は少し焦っていて冷静でなかったから、その考えに至ることはなかったと思うわ。だから瀬古くんには本当に感謝しているのよ？」

素直に感謝を受け止めて。そう訴えるようにまっすぐ見つめてくる夜咲。

俺は耐えきれず視線を逸《そ》らし、頬を掻《か》きながら「どういたしまして」となんとか返す。

さっきはああ思ったが。秋はまだまだ先かもしれない。

「ねえ」

隣を歩く日向が言葉を発する。同時に、よろめいたのか、トンッと肩を腕にぶつけられた。

「瀬古の提案したあれって、次回の話し合いまでの時間を有効活用しようってことだよ

ね？　最後の方は案も出なくなってたし、それだけで解決できるのかな？」

日向は夜咲の方を向きながらそんな質問をする。

あの終盤の教室の空気感を知り、俺があそこで提案した内容だけを考慮すると、その疑問が出てくるのは当然だった。

夜咲と顔を合わせる。すると夜咲はニコリと笑った。

「たしかに晴の言う通りね。けれど、瀬古くんの提案の本質はそこではないの」

「本質？」

「ええ。……不甲斐《ふがい》ない話だけれど、あの話し合いで足りなかったのは時間ではなく私の配慮。どれだけ時間をかけても、クラス全員が納得のいく出し物を決めることはできなかったと思うわ。だから決定の先延ばしにあまり意味はないの」

「え？　じゃあ、どうして？」

困惑の声を漏らす日向。

その反応を受けて、まるで推理を披露するかのように楽しげな様子を見せる夜咲。

指を一本立て、それを自身の唇に当てた。

「匿名制。瀬古くんはこれを利用して欲しかったのよね」

確認するように答えを言う夜咲に、俺は頷《うなず》いてみせる。

「匿名？　そういえば提出する用紙に記名はいらないって言ってたっけ」

「そう。教室でその身を晒《さら》して発言するのに対して、記名していない用紙を高橋くんに提出するだけなら私には身元が分からない。つまり発言が容易になるの」

説明を受け、日向はしばらく考える様子を見せた後、「なるほどね」と呟いた。

「美彩の言ってた本質ってこのことなんだね」

「ええ。もちろん意見の責任の所在が不明になるという欠点はあるけれど、最終的な合意形成はクラス全員で行うから責任はクラス全員が持つことになるの。高橋くんに提出することで私の不正も疑われない。だから瀬古くんの懸念点は、次の話し合いの場があるのかくらいだったのよね」

「そんな感じかな。最終的に責任がどうとかまでは考えてなかったけど」

「ふふ。本当かしら」

揶揄《からか》うように笑う夜咲に「本当だって」と念を押す。

だけど夜咲は信じてくれないみたいで、笑顔を浮かべて俺を見つめ続けてくる。

気恥ずかしくなっていると、再び腕に衝撃があった。

「……美彩は、さ」

詰まりそうな声で会話に入る日向。相変わらずあちらを向いていて表情が見えない。

「あの発言だけで、瀬古の考えをそこまで汲《く》み取ったってことだよね」

「ええ、そうね。……ふふっ。私も納得のいくものだったからすぐにその考えに至ったというのもあるけれど。瀬古くんのことだから何か思惑があっての発言だと考えたらすぐに理解できたの」

「……ふぅん」

納得したのか、日向がやっとこちらを振り向く。その表情は、いつも彼女が浮かべているそれだった。

「瀬古はずるいから、そういうの思いつくの得意だよねー」

「ずる賢いやり方と言って欲しい」

「ふふっ。ずるいことは否定しないのね」

夜咲はくすくすと楽しそうに笑い、「けれど」と続け、

「それを採用した私もずる仲間になるのかもしれないわね」

とても蠱惑的《こわくてき》で、そして、容易《たやす》く俺の心を摑《つか》んで離さないほど魅力的な笑みを俺に向けた。

◇

今日も夜咲と別れた後、日向と合流して街中を歩く。

隣にいるのは別の女の子なのに。俺の頭の中を支配するのは、今ここにいない彼女だった。

先ほどの彼女とのやり取りを思い出すと頬が緩んでしまう。

嬉しかった。夜咲に認められた気がしたから。夜咲の役に立った気がしたから。

そして、他の誰にも見せたくない、俺だけが独占してしまいたいほど魅力的な笑顔を向けられてしまったから。

それを見ることができたのは俺のあの提案があってのこと。

まあ、夜咲は良く言ってくれたが、匿名であるが故にネット上で活発に意見が交わされていることは、今を生きる者であるなら誰でも知っているはずで、少し考えれば思いつく程度のことだ。だから、そこまで絶賛されるほどのものではないと思う。

それに、俺は用紙の集計方法までは考えていなかった。この機転をあの短時間で利かせられるのは、流石《さすが》だとしか言いようがない。

俺が彼女の隣に並び立てるのは、まだまだ先なのかもしれないな。

と、色々と思考を巡らせているうちに日向家に着いていた。

もう手慣れた仕草で家の中に入り、日向の部屋に向かう。

この部屋の光景も既に見慣れてしまっていた。それは、俺がそれだけ罪を重ねてしまっていることを痛感する。

「ん！」

語気強めの声が聞こえ振り向く。

既に荷物を置いていた日向が、こちらに向かって両手を広げていた。

俺も荷物をいつもの場所に置き、ゆっくりと彼女に近づく。

そして、彼女の脇に腕を通し、その身体《からだ》を抱きしめた。

「ん……」

腕の中で、どこか安心したような声が聞こえる。

この抱擁も何度目だろうか。いつの間にか習慣付いており、毎回行っている気がする。

まるで、彼女が俺のことを迎え入れてくれているように。彼女の部屋に入ると、初めにこれをするルーティンが出来上がっている。

しかし、今日はやけに力強く抱きしめられている気がする。

「日向？」

少し気になって声をかける。彼女の身体がピクッと反応したのが体を伝って分かった。

「……なに？」

「いや、なんかいつもより力が強いなって」

「……別にいいじゃん。瀬古、あたしとハグできて嬉しいでしょ？」

彼女らしからぬ質問が飛んできて一瞬固まってしまう。

……そんなの、嬉しいに決まっているだろ。

日向の小柄ながらも柔らかい身体は嫌でも女の子を感じさせる。基礎体温が高いのか触れ合っているとぽかぽかとした熱が伝わってきて、それがまた心地よい。

身長差があるせいで抱き合っていると彼女の頭が鼻元にきて、使っているシャンプーの匂いなのか、柑橘系《かんきつけい》の香りが鼻腔《びこう》をくすぐる。その度に脳がくらっときて、頭の中を支配されるのがまたいい。

「まぁ――」

そうだな、と言おうと口を開けた瞬間、

「あたしは今、美彩の代わりだから。だから、今のあたしとハグできて嬉《うれ》しいよね」

彼女が話し始めるタイミングと重なった。

「っ……」

自分の言葉は口から発されることはなく、音になる前に消えていく。

彼女の言葉を否定したいのに。彼女の存在を肯定したいのに。

そんなことをしても彼女は困るだけだと分かっているから。

言葉の代わりに、彼女の小さな身体を強く抱きしめる。

すると、それに応えるように、彼女もまた力を強くする。

今の俺たちの姿は、誰も知らない人からすると、もしかしたら尊いものに見えるかもしれない。

だけど。実際は身を挺《てい》して親友を守っている健気《けなげ》な女の子と、その良心につけ込んでいるクズ野郎だ。

「んんー……」

唸《うな》り声を出しながら、俺の胸に頭をぐりぐりと擦《こす》り付けてくる日向。器用にヘアピンを付けている部分は避けており、痛くはない。

この行為は俺への攻撃なのか。それとも彼女の苦悩をぶつけているのか。分からない。

彼女の心を知りたい。だけど知ろうとしない。

聞き出してしまえば、この関係が終わってしまうかもしれない。

それは、嫌だから。

「ねえ、瀬古」

日向は俺の胸に頭突きしたまま、こもった声で続ける。

「瀬古はさ、文化祭を成功させたいんだよね」

「それは、当然だろ？」

「……うん。そうだよね」

何かを言いたそうな雰囲気を感じ取れるが、その正体は分からず。そして俺はまた、それを無視しようとする。

「あたし、頑張るから。体育祭。文化祭を成功させるために」

体育祭で優勝することができれば、文化祭のクラスの出し物を集客に有利な場所で行うことができる。

　だから彼女が体育祭を頑張ってくれるのは嬉しいことなのに。なぜかその言葉に引っ掛かりを覚えてしまう。

「……練習、やるんだってな」

「うん。例年、どこのクラスもやってるんだって」

「それだけ、どこも本気ってことか」

「そうかも。自由参加らしいけど……あたし、全競技に出ることになったから。みんなが期待してくれてるから。なるべく練習に参加しようと思ってて……」

　誰かが出場できる枠を貰《もら》っている。日向はそう認識しているのかかなり責任を感じているみたいで、練習に参加しないといけないというニュアンスで語る。

　体育祭の練習は放課後にやるらしい。途中までは俺も参加するつもりだが、夜咲との約束もあるので、文化祭の準備が始まればそちらに積極的に参加するつもりだ。

　となれば、先のイベントが終わるまで、この時間を確保するのが困難になることは間違いない。

　同級生の女の子と、恋人同士でもない女の子と、好きな子の親友と。こんなことをしていてはいけないことは分かっている。

　でも。俺は今、この部屋にいて、彼女を抱きしめている。

「瀬古……困る、よね？」

「そうだな」

「……え」

日向の口から困惑の声が漏れる。予想していた返答と違ったのかもしれない。

「困るよ。この時間がなくなるのは」

夕陽《ゆうひ》が窓から差し込み、橙色《だいだいいろ》に染まった部屋の中で彼女と二人きりでいる、そんな時間。

人工甘味料のようなエグみのある甘さに、後悔の念に駆られて口内に覚える酸味。

いわば虚妄の青春。

摂取すればするほど虚《むな》しくなるだけなのに。

俺はそれを手放したくなくなっている。

「瀬古……っ」

ぎゅっと抱きしめられた後、日向は顔を上げる。久しぶりに見た気がするその瞳は揺れていて。まっすぐ俺のことを見つめる。

一瞬、彼女の視線が少し下がり、お互いの顔が少しだけ近づいたような気がした。

だけどすぐに元の位置に戻り、彼女は湿り気のある声で言う。

「今は美彩のこと考えたらだめ。……あたしが全部解消するから。今、瀬古の前にいるのはあたしだから」

「……分かった」

彼女の言葉に従い、俺は行動に移す。

小さな身体をベッドに押し倒し、彼女が咄嗟《とっさ》に自身の顔の前にやった手をどけた。

夕陽のせいか赤く染まった彼女の顔を見つめたまま、手は柔らかい身体に触れ、可愛《かわい》らしい嬌声《きようせい》を聞けば、今度は顔を首元に埋めて匂いを嗅ぐ。

五感のうちのほとんどが彼女で埋め尽くされ、脳がクラクラとしてきた。

後にしよう。考えることも、悔やむことも。

今は、目の前の彼女に溺れてしまいたい。

◇

金曜日が訪れ、再び開かれた文化祭の話し合い。

夜咲は十分に集まった出し物の案が書かれた用紙を一枚ずつ確認し、その集計結果を黒板に記した後、理由を述べながらいくつかの案を排除。

続いて残りの案の中から多数決を取り、最終的に我がクラスの出し物は大多数の票を獲得したお化け屋敷に決まった。

そして、そのまた翌週の月曜日の放課後。

なんと本日が体育祭の練習日初日である。というのも、先週は全国に秋雨前線が襲来し

ていて、雨の日がずっと続いていたのだ。そのため、今日まで練習を一度も行うことができなかった。

それが幸か不幸か。「今日も練習できないじゃないですかー!」と空に向かって憤慨していた早川は明らかに後者だろうが。放課後の予定がなくなったことで、以前と変わらない時間の過ごし方をしていたやつもいて。

まあ、練習ができなかったのは俺たちだけじゃないんだ。本番は来週の水曜日と時間も限られているが、まだ他の組と差がついてしまったわけじゃないし、悲観することでもないだろう。

「ぬぅ、しかし今日は冷えるな」

上下ジャージ姿の小田が隣で両腕を摩《さす》りながら言う。

「あれだけ雨が続いた後だからなぁ。急に秋が来た感じあるよ」

「うむ。お互い、ジャージを持ってきていてよかったな」

同じく上下ジャージ姿の俺を見て、小田はうんうんと頷《うなず》いた。

周りを見ると、急な冷え込みに対応できたのは俺たちだけではなく、他の多くのクラスメイトもジャージを着ている。

ただ、日向と早川など数名は体操着のままだった。

「日向氏はジャージを忘れてしまったのだろうか」

「うーん。日向のことだから、練習しているうちに温まるって理由で最初《はな》から持ってきてないんじゃないかな。ジャージって動きに若干制限かかるし」

「ふむ、なるほど。……瀬古氏は日向氏のことをよく分かっておるな」

「……伊達《だて》に半年も一緒につるんでねえってことだ」

「まだ半年も経《た》ってはおらぬが」

「細かいなあ。これくらい誤差だ誤差。ってか口ばかり動かしてねえで、俺たちも早く体動かして温まろうぜ」

話を切り上げて準備運動を始める。小田はしばらく俺を見つめた後、「そうであるな」と横並びになって俺と同じ動きを取り始めた。

なんとなく無言になってしまい、脚の筋を伸ばしながら校舎の方に目を向ける。正確には、見えるはずのない自分の教室の中を覗こうとしていた。

俺たちがグラウンドで体育祭の練習をしている間、夜咲と同じく文化祭実行委員である高橋の二人は教室で文化祭の準備をしている。

手伝うって約束もしていたことだし、初め俺はあっちに積極的に参加するつもりだった。だけど、先週の金曜日の帰り、夜咲から直々に手伝いは不要だと言われたのだ。

「こっちは、大丈夫だから。……瀬古くんは体育祭の練習、頑張ってね」

笑顔でそう告げられ、俺は何も言えず頷くことしかできなかった。

あそこで少しでも食い下がれば、こんなやきもきすることもなかったのかなと思うとまた苦しくなる。

だけど、その苦しさに少しだけ喜んでいる自分がいた。

「それにしても、流石《さすが》であったたな。夜咲氏の先導っぷりは」

小田の声で意識が引き戻され、振り向いて「あぁ」と適当な相槌《あいづち》を打つ。

「集団で何か一つを決めるというものは非常に難しいこと。現に未《いま》だ出し物が決まっていないだけでなく、揉《も》めに揉めて内部分裂しかけているクラスもあるとか。その点、我がクラスの準備は夜咲氏によって順調に進んでいるように思える。この船は安泰であるな」

「船頭が一人だからな。そりゃ迷わず進んでいくよ」

「ぬはは。上手《うま》いことを言うなぁ、瀬古氏。しかし、メイド喫茶が却下されたのは我的には少し残念であった。瀬古氏も見たかったのではないか？」

「あー……まあ、たしかに最初はがっかりしたけどさ、今は割と安心してるかな」

「安心、とな？」

「夜咲が言ってただろ。ああいうのは希少だから価値があるんだって。……それを聞いてさ、自分の好きな子のそういう格好を有象無象《うぞうむぞう》に見られるのは嫌だなって気づいたんだよ」

視線を逸《そ》らしながらそう答えると、「なるほど、なるほど」と小田は何度も頷いた。

「言われてみればそうであるな。人間誰しも、特別な人の特別な姿は自分だけのものにしたいものよ」

「ご理解いただけて嬉《うれ》しいよ。まあ、生涯その姿を俺が見れるかは分かんないんだけどな」

「うぅむ、無理強いはできぬからな。実は我が部にメイド服だけはあるのだが、学友のその姿を見る機会は訪れそうにない」

「え？　漫研部ってコスプレもしてるの？」

「そういった用途ではなく、あくまで資料用。この前話した部長の新作がメイドもののため新調したのだが、他にも色々揃《そろ》えてある。実は部内に自作できる者がいてな、その者が作ってくれるのだ。そのため部室には衣装用の材料も多くある」

「それはもはやコスプレ部では？」

「その疑問は真っ当であるが、誰も着る者がいない故やはり資料でしかないのだよ。ちなみにチャイナ服もあるぞ」

「……ふーん」

　最後に興味をそそられる情報を与えられたところで、練習を始めるから集まれという声がかかった。一旦さっきのことは忘れるようにして、みんなのところへと移動する。

　どこまで自分が貢献できるか分からないけど、今は体育祭に向けて全力で取り組もう。

「やっと練習できますね！　日向さん！」

「あはは。そうだね」

目をキラキラと輝かせる早川さんに、あたしは愛想笑いを返す。

別に練習はいやじゃないけど。先週までのこの時間、どう過ごしていたかを考えるとどうしても気乗りしない。

◇◇◇

先週は雨続きで全く練習ができなかった。その代わり、瀬古と二人きりでいられる時間を確保できた。

放課後、美彩に内緒で。帰ったふりをしたあたしたちは公園で落ち合って、静かな町を二人で歩いていく。行き先はあたしの家。

道中、人目を避けるために少し遠回りなんかする。本当は、瀬古といられる時間が延びたらいいなと思ってるだけ。それと……二人で学校から帰っているこの時間が、それっぽいなと思ってるだけ。思うくらい、いいよね。

あたしの家に着いたらもっとすごいことをしてるけど。瀬古の気持ちがそこにないことは分かってる。それでも彼が自分を求めてくれることが嬉しくて、今は練習を抜け出して一緒に帰ろうよと持ちかけたくなる気持ちを必死に抑える。

そう。瀬古はあたしと一緒に練習に参加している。初めは美彩の方に行っちゃうんだと思ってたけど、美彩が手伝いは必要ないと言ってくれたから。美彩は本当にすごいなあと感心しつつ、あたしは心の中で感謝した。練習自体は男女で分かれちゃってるけど、同じ空間にいられるだけで心が満たされる。

周りに気づかれないように視線だけを瀬古に向ける。瀬古の出場する競技の中には徒競走があって、今はその練習をしている。こっちと同じで陸上部が主体となって指導してるみたい。

……瀬古、一生懸命だなあ。

スタートの切り方とか、コーナーの曲がり方とか、走るフォームとか。おそらくその辺の説明を受けている瀬古は、真剣な表情で話を聞いていた。そして実際に走る時も本気で。その姿にときめきながら、彼の頑張る動機を考えて胸が痛くなる。

体育祭は学年混合の五組に分かれて行われ、その順位によって文化祭のクラスの出し物の場所を決める優先権が与えられる。良い場所を取ることが文化祭の成功に繋《つな》がることは明白で、うちの出し物を取り仕切っているのは、美彩だ。だから瀬古はあんなに頑張っている。

いやだ。頑張らないでよ。

なんて思ってしまう自分が嫌いで。体育祭で参加する競技を決める話し合いで早川さんに「日向さんも全ての競技に参加しましょう！」と誘われて悩んでいた時、目が合った瀬古から期待されているような気がして、その期待に応えるために体育祭を頑張ろうとしている自分に矛盾を感じたりして。

最近のあたしの心の中はちぐはぐだ。だけど、心の底から彼を求めていることだけははっきりとしている。

「日向さん！　早川と一緒に走りましょう！」

早川さんに声をかけられ、瀬古もこっちを見てくれたらいいなと思いながら、あたしは彼から視線を外した。

女子組も徒競走の練習をするみたいで、早川さんは既にスタート位置に着いていた。あたしはその隣に着く。

「う〜、早川はこの時を待ち望んでいました！　あの時の続きができるなんて！」

普段の体育の授業は球技や器械運動など、足の速さをガチガチに競い合う機会がなかったため、早川さんは今をすごく楽しんでいるようだった。

だけどその期待に応えられるか、あたしは少し不安になる。

「うーん。多分だけど去年より遅くなってると思うよ？」

「大丈夫ですよ！　練習を重ねていくうちに感覚も戻ってきて、なんなら全盛期を迎えちゃうかもしれません！　それまで早川も付き合いますから、頑張りましょう！」

「……そう、だね。今は頑張らないと」

あたしは彼女みたいにみんなを引っ張るようなことはできないけど、体力には自信があるから。彼が求めてくれているから。

身を引き締めて練習に打ち込む。まるであの頃に戻ったかのような感覚。でもやっぱりパフォーマンスは少しだけ落ちていて、早川さんと並走することすら叶《かな》わない。このままじゃダメだとがむしゃらに体を動かす。

「日向っち、めっちゃはやーい。早川っちに食らいつけてるのやばいでしょ！」

何本か走り終えたところで、クラスメイトの姫宮さんが興奮気味に話しかけてきた。自分の走りに満足のいっていないあたしは、なんとか笑みを作って返す。

「まだまだですよ！　日向さんはこんなもんじゃありません！」

「マジ⁉　だったらこんなの絶対うちら優勝できるじゃん！」

「早川と日向さんにお任せください！　ね、日向さん！」

「……うん。頑張るね、あたし」

期待してくれてる。姫宮さんも、早川さんも、……そして瀬古も。

また、瀬古の方に視線をやる。こっちを見てくれてないかなと期待して。

瀬古はひと休みしてるみたいで、オタくんと何かを話している様子が見えた。視線はこちらを向いていない。

その代わり、瀬古とオタくんの近くにいる猿山くんたちがこちらを見ていた。声は聞こえないけど、その目は明らかにあたしの身体《からだ》を見ていて、表情からも何を話しているのかすぐに分かった。身震いがして咄嗟《とっさ》に視線を逸らす。

「うっわー。めっちゃ見てきてるじゃん、アレ」

姫宮さんも気づいたのか、あたしがさっきまで見ていた方を睨《にら》んで言う。

「アレでバレてないつもりなんだろうけど、バレバレだっつーの」

「見てるって何をですか？」

「あー、なんでもないよ。早川っちは綺麗《きれい》なままでいてねー」

「よく分かりませんが分かりました！」

陽気に返事をする早川さんに、姫宮さんは朗らかに笑う。

「あたし、ちょっと休憩してくるね」

二人に短くそう伝えて、返事を待たずにあたしはその場を離れた。

自分の胸が大きいことは自覚してるし、この格好だと走ってる時に揺れることも、男の子がそういうのに興味を持つのも分かっているけど。どうしても不快感を覚えてしまった。

もっと練習しないといけないのに、視線を避けるために誰もいない校舎裏まで来てしまった。陰になっていてひんやりとしており、先日までの雨のせいか少しじめっとしている。

だけど今は少しだけ居心地がいい。

「……くちゅんっ」

くしゃみが出て、自分の体が冷え込んでいることに気がついた。こんなところに来たからだろうか。……いや、もう少し前からあたしの体と心は冷たくなっていた気がする。

多分、これは陽《ひ》の光に当たってもあたたかくならない。

もっと、別の何か。その答えは知ってるけど、今ここになくて、あたしが期待しちゃいけないもの。

だから、期待なんかしないようにしているのに。

「日向」

それなのに。どうして、ここにいるの。どうして、話しかけてくれるの。

「……瀬古」

瀬古。瀬古だ。

心臓がバタバタと動き始めた。走っていた時よりもずっと速い。

じりじりと歩いて寄ってくる瀬古。その間、なぜかじっとあたしの顔を見つめてくる。

その表情はとても真剣で、どこか怒っているようにも思える。

彼の心の中は読めないけど、見つめ続けられる恥ずかしさに耐えきれず顔を背けると、

一瞬、視界が真っ暗になった。

同時にあたしの大好きな匂いがして、また視界が開けた時には瀬古が目の前にいた。

「……ジャージ？」

気づけば自分の体にジャージを頭から被《かぶ》せられていて、さっき視界を遮った正体を知る。誰のかなんて分かりきってる。瀬古のだ。瀬古が着ていたはずのジャージがないし、それに、とてもあたたかいから。

「嫌じゃなかったらさ、着といてよ」

「……なんで？」

「別に……なんでもいいから、とりあえず着ておいて」

「でも」

「いいから」

どうしてジャージを貸してくれるのか、瀬古は頑《かたく》なに教えてくれようとしない。

「……わかった」

理由は分からないけど、被せられたジャージを素直に着る。あたしが着るとぶかぶかで、捲《まく》らないと袖から手が出てこない。そのことに少しドキドキしてしまう。

「日向は休憩中？」

「う、うん。久しぶりにたくさん走ったから、ちょっと疲れちゃって」

「そっか。じゃあ俺もここで休ませてもらうよ」

瀬古はそう言ってあたしの隣に並んで立ち、「連続で走るとさすがに疲れるな」と笑う。

耳に入ってくるあたしたち以外の声は遠く、周りを見てもあたしたち以外の姿はない。瀬古と二人きり。今日は叶わないと思っていた状況に、戸惑いながらも有頂天になってしまう。

……でも、いいのかな、学校で瀬古と二人きりになって。

傍《はた》から見たあたしと瀬古は、美彩を中心にいがみあう関係だ。だから今のこの状況を誰かに見られたら変に思われちゃうかもしれない。

だけど、瀬古から離れたくない。

何か別の理由を思いつかないと。あたしはこのままずっと瀬古のそばにいちゃう。

……そうだ。もっと練習しないと。このままじゃ瀬古の期待に応えられない。

「あたし、練習に戻らないと」

なんとかこの場から自分を引き剝がそうとするあたしに、瀬古は怪訝《けげん》そうな表情を浮かべる。

「休憩、短くないか？　さっき休み始めたばっかだろ」

「十分、休んだよ」

「……中学の時、膝を怪我《けが》したんだろ。もっと休んでもいいだろ」

「でも、このままじゃあたし、期待に応えられないから」

「期待？　……そこまで日向が気負う必要ないだろ」

「でも……瀬古も、期待してくれてるんでしょ？　だから、あの時……」

出場する競技を決める時、瀬古はあたしの方を見てたんでしょ？

そんなあたしの言葉の続きを察してか、瀬古ははっとした表情を浮かべた。直後、その顔が僅かに赤く染まる。

「あの時……俺は、日向の本気の走りが見れるかもしれないと思ったんだよ」

「……え？　あたしの？」

「あぁ。早川があれだけご執心になるほどの実力ってどんなものかなって。中学時代の日向のことは知らないからさ、もっと知りたいなって……そう思ったんだ」

そう言い切って、顔を逸《そ》らしてしまう瀬古。

……勘違いだったんだ。瀬古は、あたしのことを体育祭の戦力だなんて思ってなかった。

瀬古は、瀬古は、瀬古は――

「……えっと、日向？」

瀬古の困惑した声が聞こえる。それも、とても近くから。

気がついたらあたしは、瀬古の胸に飛び込んでいた。

「今日はまだ、してなかったでしょ」

そんな苦し紛れな言い訳を口にして、彼の体をぎゅっと抱きしめる。

すると、一拍を置いて、あたしの身体が彼の腕で包まれた。

最近いつもしてること。放課後、あたしの部屋で二人きりになる度に、あたしはねだるように腕を広げる。そうすると彼があたしの身体を抱きしめてくれるから。

彼の腕の中はとても落ち着く。そして、その行為がとても恋人同士っぽくて。あたしの心をいつも満たしてくれた。

練習が始まり、もうしばらくはできないと思ってたのに。諦めていたのに。今、あたしは彼と抱きしめ合っている。

こうなってしまうと、あたしの中の欲望が止まらなくなる。

「ねえ」

こんなことで瀬古が満足できるか分かんないけど。そもそも求めているのかも分かんないけど。

「明日もさ、ここでしようよ。今日と同じこと」

あたしの口から溢《こぼ》れた欲望に、瀬古は少し間を空けた後「あぁ」と短く返してくれて。

お互いの抱きしめる力が強くなった。

それからしばらくして、あたしたちはタイミングをずらしてみんなのもとへと戻った。

休憩する前と比べて体が軽い。思わずスキップしてしまいそうなくらいに。

今なら、あたし史上一番いいタイムを出せるんじゃないかとさえ思える。

「日向っち、誰かからジャージ借りてきたの？」

「えっ。……あ」

姫宮さんに指摘されるまで、瀬古のジャージを着てたの忘れてた。瀬古も忘れていたのか、戻る時に何も言ってこなかったし。

「これは、その」

「バッチリじゃん！　これであいつらのいやーな視線も減るだろうね！」

いやな視線？　……あ。

もしかして、瀬古は聞いてたのかな。だからジャージを貸してくれたのかな。

それはあたしを守るため？　それとも、あたしの身体を独り占めしたくて……

だめ。変に期待なんかしちゃ。後で傷つくのは分かっているんだから。

……でも、瀬古があたしのことを大事にしてくれてるのはほんとで、みんなに隠れてぎゅーしたりなんかして。明日も、明後日《あさって》もする約束をしてて。

なんだか恋人同士みたいだなと思えてしまって、あたしは緩んでしまう口元を余った袖で押さえた。

第九話　晩咲《おそざ》きの花

今日は、花火大会に行って以来の二人とのお出かけの日。

夏休みももう終わりが近づいているから、もしかしたら今日がこの夏最後のお出かけになるかもしれない。

学校の授業が再開しても彼らと会うことはできるのだけれど、なぜか少し残念に思えてしまう。

昨年はつまらない期間だったのに。早くまた教室に通いたいと思っていたくらいなのに。今年はとても充実していたからか、そんな感想を抱く。

出かける支度を済ませ、家を出る時間まで余裕があるので少しゆっくりしていると携帯にメッセージが届いた。

「え」

その内容に思わず声が漏れてしまった。どうやら晴《はる》が体調を崩してしまったらしい。

すぐに返事をする。ご両親がお仕事でいないということでお見舞いに行こうかと聞いたが、うつしては悪いと断られたため、今日の出かける用事が完全になくなった。

携帯の画面を消し、部屋の中に立てている鏡に映る自分の姿を見る。

先日、従妹《いとこ》の紗季《さき》と一緒に出かけた際に購入したばかりの新しい服。

あの時、私はたしかに彼の反応を思い浮かべながらこの服を選んだ。

だから今日、この服を着ていくのが楽しみで仕方なかったのに。今日はもう彼と会う予定がなくなってしまった。

出かけないのであれば、変に皺《しわ》がつくのも嫌だから部屋着に着替えるべきなのだけれど、どうしても惜しいと思ってしまい行動に移せない。

……連絡、してみようかしら。

三人でお出かけする約束は流れてしまったけれど、二人でお出かけすることはできるから。元々今日は出かける予定だったのだから、彼も時間はあるはず。

「……だめね」

再び点灯させた携帯の画面を消す。体調不良に苦しんでいる彼女を置いて、私だけが楽しむことなんてできない。

すんでのところで思い留《とど》まれたことにほっと安堵《あんど》する。けれど心にはぽっかりと穴が空いたままで。何か代わりの手段を求めて周りを見渡す。

「……ぁ」

ベッドの上の枕横にある、一体のぬいぐるみに目が留まった。

それは猫をモチーフとしたキャラクターで、詳しいことは何一つ知らない。けれど、とても愛《いと》おしくて、そばにいると心が和らぐ。

私はゆっくりとベッド横に移動し、ぬいぐるみを胸に抱くようにして持つ。

ぬいぐるみは生きてなんていないけれど、こうしていると私の鼓動が返ってきて、それが相手の……彼の鼓動のように感じて、気持ちがいい。

この夏、私は彼の本当の鼓動を知った。

一度目はプールに行った際、ウォータースライダーで彼と一緒に滑った時。彼に後ろから抱きしめられて、その安心感に驚きながら、背中から伝わる鼓動に心が安らいでいた。

二度目は花火大会の後。晴がいなくなってしまい、彼と二人きりになった時。私は彼に近づいて、このぬいぐるみを伝わせて、今度は正面から彼を感じた。

忙しなく動いているだろう彼の心臓を考えると愛おしくなるほど、彼の鼓動は速かった。

そう。今、感じているみたいに。

「……暑いわね」

体温の上昇を感じてぬいぐるみを離す。心が冷えていくのを感じるが、汗がついてしまうのは避けたい。

もっと涼しい格好になるという別の目的ができたことで、ようやく私は部屋着に着替えることができた。

机に向かって新学期の予習をしてもいいけれど、今の調子だと身が入らない気がするた

め、ベッドの端に座って再びぬいぐるみを抱く。

鏡に映った自分の姿はまるで紗季の小さい頃のようで、自分らしくないその姿に苦笑する。

そして、お買い物からの帰り、紗季がこの部屋を訪れた際に「かわいい〜」と言って彼女がこの子を抱きしめた時のことを思い出す。

喉から悲鳴のような声が出そうになり、手を前に伸ばしたところで我に返って固まっていると、紗季に怪訝《けげん》な目で見られたのだった。

「あなたは私のものよね」

今は私の胸の中にあるその子を強く抱きしめる。すると先ほどよりも強く鼓動が伝わってきて、ここにいるのだと感じて心がやすらぐ。

しばらくそうしていて、ふと時計を確認すると想定より時間が進んでいることに気づき驚く。

ずっとこのままでいたい気持ちもあるけれど、授業の予習をしておきたい気持ちも強い。新学期を迎えて、また彼らに頼ってもらえるように。

意を決し、立ち上がるためにぬいぐるみをベッドの上に置く。しかし、未《いま》だとくとくと鳴り響く感覚が胸にあって。机に向かってからもしばらく、私はその心地よさに浸っていた。

◇

新学期を迎えて数日が経《た》った。

夏休み明けの課題試験も終わって通常授業が始まり、学校の日常が戻ってきた。

私たちは相も変わらず休憩時間になると三人で集まり、お話をする。

「夏休みが明けて久しぶりに会うからかな。なんかみんな、心なしか垢抜《あかぬ》けて見えるよね〜」

教室を見渡しながらそんな感想を漏らす晴。

「だなぁ」

クラスメイトをざっと見て、晴の感想に同意を示す瀬古《せこ》くん。

そんな彼の横顔を見て、私も同じような感想を抱いた。

男子、三日会わざれば刮目《かつもく》して見よ。そんな言葉があるくらいだから、結局あの日以来会えていなかった瀬古くんが急激に大人びていてもおかしくはないのかもしれないけれど。

彼の隣に立つ彼女も、少し会わないうちに変わったように思える。

色気が増した。そんな表現が一番当てはまる。

瀬古くんだけなら、何も思わなかったかもしれない。けれど彼女もとなれば。胸の辺りが重くなる。

「まあ、でも」

瀬古くんが私の方を向いて、目が合った。

「このクラスだと夜咲《やざき》が一番大人びてるよな」

落ち着いてるからかな、と呟《つぶや》くように続ける。そんな彼の小さな声も聞き逃さず、私は頬を緩める。

瀬古くんは相変わらず私のことを褒めてくれる。何気ない気づきから、普段から思ってくれていることまで。彼はまっすぐ私に伝えてくれる。

今朝も、登校して教室にやってきた彼は私のもとへ来て、私を讃《たた》える言葉をくれた。

『朝の憂鬱も夜咲の姿を見た瞬間吹き飛んだ。今日も美しいな、夜咲！』

それは今年の春から彼が変わらず継続していること。けれど……

「美彩《みさ》はお姉ちゃんでもあるもんね。だから年上って感じがするのかな」

「え、夜咲って妹さんいたの？」

「ええ。けれど妹といっても従妹よ。まあ、彼女のことは実の妹のように思っているけれど」

「なるほどね。しかし、まだ夜咲について知らないことがあったとはなぁ」

私のことで悔しそうな表情を浮かべる瀬古くん。そんな彼の姿を見て、胸を高鳴らせる。

「……瀬古くんには、もっと、私のことを知って欲しいわ」

気づけば、口から声がこぼれていた。

どうして自分がそのようなことを口にしたか分からず、内心では焦りながらも平常心を装う。彼に今、私の胸の内を覗かれたらもっと大変なことになると思ったから。先ほど溢《あふ》れた言葉とは真逆だ。

「え、っと……が、頑張ります」

たまに出る敬語で彼は返事をし、その真っ赤に染まった顔を隠すようにそっぽを向いてしまった。その反応に愛おしさを覚えるが、きっと、今の私も……。

「……ストーカーになっちゃだめだよ、瀬古」

「だ、誰がなるか！　合法的に知っていくつもりだっての」

「合法的って言い方がなんかやらしい」

「それはもはや言葉に対する偏見だ」

いつものように言い合いをする二人。周囲は二人が一緒にいることに疑問を持っているようだけれど、むしろ私からすれば、彼らは気の置けない関係を築いているように思える。

改めて二人を見ると、心なしか前より距離が近くなっているような気がした。上昇していたはずの体温が一気に下がっていくのを感じる。

「そういえば、晴。課題試験の出来はどうだったの？」

咄嗟《とっさ》に、新しい話題を提供した。

「うっ……」

晴がこちらを振り向き、苦い表情を浮かべる。親友がそのような表情をしているというのに、二人の距離が離れたことで私は失った熱を少しだけ取り戻す。

「あんまり自信はないかな……で、でもね、赤点は回避できたと思う……よ？」

「ふふ。それは結果が楽しみね」

「うぅ。返却されたらさ、分からなかったところ教えてくれる？」

「ええ、もちろんよ」

「やった！　ありがと、美彩！」

お礼の言葉を言いながら抱きついてくる晴を受け止める。

ちらっと、瀬古くんの方を見ると目が合った。

「あー……俺もお願いしていいかな？　赤点はないと思うけど、納得のいく出来じゃなくてさ」

遠慮がちに聞いてくる瀬古くんに、私は口元をゆるめて「ええ」と答えた。

◇

「出し物、決まってよかったね！」

雨の降る帰り道、晴が可愛《かわい》らしい笑顔を向けて言う。

今日のＬＨＲでクラスの出し物を決めることができた。その結果にほとんどのクラスメイトが納得してくれているようで。これも、あの時瀬古くんが提案してくれたから。そう。瀬古くんが、いてくれたから。今の私は笑っていられる。

「お化け屋敷かぁ。結構準備大変そうだよな」

「……そうね。会場作りから衣装の用意、それに人員配置。考えないといけないことが多いわ」

「うぅ、実際にそう言われると文化祭って楽しいだけじゃないんだね。でも、美彩が仕切ってくれるから安心だよ。絶対に失敗なんかしないって思えるし！」

「ありがとう。そう言ってくれると嬉《うれ》しいわ」

「月曜日から準備を始めるんだっけ。どうしよう、体育祭の練習前に手伝おうかな」

瀬古くんからの申し出に胸が跳ねる。

「お願いできるかしら？」

そう口にしようとした瞬間、

「せ、瀬古は練習の方頑張らないとだめだよ。文化祭の成功は体育祭にかかってるんだから。今は美彩に任せようよ」

晴の言葉に遮られ、私の出かけた声は頭上の傘に打ち付けられる雨の音にかき消された。

「……まあ、一理あるけどさ」

「万理あるって。美彩に協力するって言うなら、あたしたちは体育祭で結果を出すことが優先でしょ。ね、美彩」

「……えぇ。晴の言う通りね」

雫《しずく》の垂れる傘から顔を出し、瀬古くんの顔を覗《のぞ》く。

「こっちは、大丈夫だから。……瀬古くんは体育祭の練習、頑張ってね」

彼に見て欲しい表情を作って、私はそう言った。

「……分かった」

一瞬、複雑そうな表情を浮かべたかと思ったが、すぐに彼も笑顔を向けてくれる。

「となれば、来週こそはこの悪天候も回復してくれるといいんだがな」

「明日か明後日《あさって》ぐらいには止《や》むみたいだよ。お母さんが言ってた」

「お、よかった。早川《はやかわ》なんてもう癇癪《かんしやく》起こしてたし、日向《ひなた》も早く体動かしたかっただろ」

「あ……うん。でも、あたしは雨も好きかなあって……えへへ」

はにかむ晴。少しだけ、瀬古くんとの距離が近づいた気がした。

「明日は予定通りカラオケでいいかしら？」

咄嗟に次の話題を出す。すると瀬古くんは、はっとした表情を浮かべ「あぁ」と答えてくれた。

「雨の中歩くのも嫌だし、駅直通のカラオケが安牌だと思う」

「そうね。そうしましょう」

「お財布的にもカラオケは嬉しいかも。ドリンクバー付きのフリータイムで千円は学生の味方だよね〜」

「あら。晴、そんなに余裕ないの？」

「夏休みたくさん遊んだからね。って一緒に遊んだのに、二人は余裕なの？」

「俺は……今まで使う機会もなく貯《た》まり続けていた分がまだあるからな」

「私も、そうね」

「あ……あはは。でもお金に余裕があるっていいね！」

私たちの発言に闇を感じたのか、晴は精一杯のフォローを入れてくれる。

瀬古くんの方を見ると彼もこちらに視線を向けてくれていて、顔を見合わせて笑った。

明るくない話でも、彼との共通点を見つけたことに胸が軽くなる。

「っと。それじゃ、俺はここで」

気がつけば、脇に小さな公園がある岐路に着いていた。瀬古くんが帰ってしまう。

「またね、瀬古」

「……あぁ。またな」

晴が先にお別れの挨拶を済ませる。あとは私だけ。

「…………」

口を噤《つぐ》む。挨拶が出てこない。

本当にもう帰っちゃうの？　私、今日もまだ貰《もら》ってない。あの日から、ずっと欲しているもの。

「夜咲」

続きの言葉を――

「また明日な」

「……ええ。また、明日」

本当に、明日か明後日にこの天気は良くなるのかしら。

傘を打ち付ける雨脚が強くなる。それに従い、私の持つ傘は顔が隠れるところまで下がっていった。

◇

ふと、過去のことを思い出す時がある。

私の周りには誰もいなくて、頰に当たる空気は冷んやりとしていて、けれど遠くのみんなはあたたかそうにしている。そんな毎日。

私はいつも孤独だった。一人を好んでいたわけではないのに。むしろ、私は……周りのみんなのように、楽しく、笑っていたかった。

変わりたいという思いから、高校まで一貫した教育を学べる私立の小学校から公立の中学校に進学した。

そして、クラスメイトと積極的に関われるよう、学級委員に立候補した。

学級委員の仕事は先生からお願いされる雑用から、クラス全体の統率など。学校行事が近くなると、準備や議題の司会進行を任されたりした。

私はそれらの仕事を難なくこなしていく。一緒に学級委員を務めていた男子も初めは仕事をしていたけれど、いつからか隣にあった姿はなくなっていた。

どうして、と思ったけれど目の前の仕事を放棄することはできず、なるべく考えないよう黙々と作業を進めていく。正直なところ、一人でも作業に支障はなくて、

「夜咲さんって、一人で生きていけそうだよね」

何かの行事の進行を一人でこなした際、クラスメイトから受けた賛辞の言葉の中に混じっていた一言。それも私を褒め称《たた》えるものだったのかもしれないけれど、私の心には小さくも深い傷が入った。

それからも私に話しかけてくれる人はいたけれど、それは他のクラスメイトと接する態度とは違う、どこかよそよそしいもので。中には私をお客人のように招き入れる人もいて、対等に見てくれる人はいなかった。

変わりたいと思って飛び込んだ環境にも馴染《なじ》めない自分を見限った私は、クラスメイトとの交流を諦め始める。それが中学一年生の終わり頃。

あの頃の私は腐っていたように思う。交流を諦めるだけならまだしも、少し攻撃的になっていて。今となっては黒歴史のようなもの。

このまま卒業してしまうのだろうと思っていた、三年進級時。

私は、瀬古くんと出会った。

そして、高校に入ると晴と出会い、彼女もまた私の隣にいてくれて。

一度は諦めた、仲間と一緒に笑い合う日常。今の私はそれを満喫できている。

「ごめん！　夜咲さん！」

他には誰もいない教室の中。文化祭の準備を進めるために残った私に、同様の理由で残った高橋《たかはし》くんが突然両手を合わせて謝罪をしてきた。

「僕、軽音学部に所属しててさ。文化祭でバンド演奏する予定なんだけど、急に先輩のバンドの助《すけ》っ人《と》を頼まれちゃって。今から猛練習しないと間に合わないかもしれないんだ。だから、委員の仕事、夜咲さんに任せちゃってもいいかな？　お願い！」

主張を言い終え、頭を下げて頼み込んでくる高橋くん。その様子から、彼が本当に切羽詰まっている状況なのだと察する。

高橋くんは先輩に振り回されている側なのに、こうして真摯に話をしてくれた。作業自体も私一人で問題はなさそうなため、了承しようと口を開いたその時、

「ほら、夜咲さんだったら僕なんかいなくても大丈夫だと思うし！　それに、むしろ僕が

きっと、交渉を有利に進めようと思っての発言だったのだろう。高橋くんの顔を覗くと、やはりそこに悪意はなく、ただただ申し訳なさそうな表情があるだけだった。

私は、一つ、二つ、深く呼吸をして、ゆっくりと言葉を吐く。

「……事情は理解したわ。そういうことなら、部活の方を優先してもらっても構わないわよ」

「本当に!?　助かるよ！」

高橋くんは笑顔を浮かべて教室を出て行った。早速部活へ向かったのだろう。

しんと静まる教室。外から聞こえる声だけが耳に入ってくる。

なんだか既視感のある光景。私はあの頃から何も変われてなどいないのだと察する。

彼らがいないと私は独り。それが真実で、現実なのだろう。

求めるように教室の窓から外の様子を覗く。すぐに彼の姿を見つけることができた。

ちょうど走り始めるところで、スタートを切った彼は腕を大きく振って前に進んでいく。

私はその姿をじっと眺めていた。

彼は特段運動が好きなわけではないはず。実際、中学時代の体育祭であそこまで本気な彼の姿を見た記憶はない。

では、なぜ今回はあんなにも一生懸命に見えるのか。

……考えついた理由に、少しばかりの気恥ずかしさと高揚感を覚える。

視線を教室の中に戻し、バッグから資料の束を取り出して机の上に並べる。

もし体育祭で優勝すれば出し物のための最高の環境を手に入れることができる。その場合、出し物が成功に終わるかどうかはその内容次第となってくる。

お化け屋敷を体験したことはないけれど、集めた資料を頼りに計画を練るしかない。きっと、彼も私に期待してくれている。その期待を、裏切りたくはないから。

資料の中から、過去の事例をノートにまとめていく。

過去にあった舞台設定、それらに必要だった衣装や小道具、記載はされていないそこから推測される費用など。自分たちの出し物の参考にできそうな項目をノートに書いていき
……手が止まった。

今、自分がするべきことは分かりきっているのに。目の前のことに集中できない。

外から聞こえる声がどうしても気になってしまい、再び外を見やる。

瀬古くんは変わらず練習に励んでいる。時には経験者らしいクラスの男子に教えてもらいながら、小田《おだ》くんと共に。

少し離れたところでは女子が練習していて、その中心には早川さん、そして晴がいた。

また、視線を教室に戻して。自分以外誰もいないことを再認識する。

分かっている。彼らには彼らのやることがあって、私も同じで、それぞれがやるべきこ

とをやっているだけ。そんなこと、頭では理解できているのに。

寂しい。よく知っている感情が、私の心にまた巣くっていた。

◇

十八時半までには下校しなければならないため、時間が近づくと多くの生徒が校門へ向かって歩いていく。その様子を私は校門の前に立って眺めていた。

帰宅していく生徒に交じって現れた晴。その後ろには、瀬古くんもいる。

「美彩、お待たせ！」

「ごめん、夜咲。待たせちゃって」

「二人は着替える必要があるもの。気にしないで」

それに……一緒に帰りたいから。少し待つぐらい一つも苦にならない。

二人と並んで帰り道を歩く。いつもと変わらないこと。でも、それだけで幾分か心が軽くなる。

「早川さん前から速かったけど、久しぶりに一緒に走ったらすっごく速くなっててビックリしちゃった」

「彼女は今も陸上を続けているのよね」

「うん。やっぱり現役選手には敵《かな》わないなあ」

「でも最後の方は日向もいい勝負してなかった？」

「……うん」

瀬古くんの言葉に頷《うなず》き、そのまま俯《うつむ》いてしまった晴の横顔は、日が暮れてしまっている中赤く染まっていた。

「……瀬古くん、晴の様子見ていたのね」

「ま、まあ。うちの切り札の二人がどんなもんか気になるじゃん」

「……そうね。二人がうちの優勝の鍵を握っていると言っても過言ではないものね」

自分に言い聞かせるように応える。瀬古くんは少しほっとしたような表情を浮かべた。

二人の会話に疎外感を覚えてしまう。私も、二人と同じクラスなのに。

今は少しナイーブになっているだけ。時が解決してくれるものだと考えるようにしても、なぜか焦燥感のようなものもあってままならない。

「そこまで自信があるわけじゃないけど、優勝できるように頑張る。……休憩もとりながら、ね」

晴から目配せを受けた瀬古くんは少し間を開けて「そうだな」と短く返事をした。

晴の言っていることは何もおかしくないのに。胸がざわめく。先ほどよりひどく。

「や、夜咲の方はどう？　準備、順調に進みそう？」

瀬古くんが体育祭の話題を打ち切り、晴越しに文化祭の話題を出す。途端、私の心は急に浮上した。

……もし、高橋くんが部活動に専念するため委員の仕事から離れたことを伝えたら。彼は私のところに来てくれるだろうか。きっと優しい彼のことだから、私が困っているように話したら練習を抜け出して手伝うと言ってくれるだろう。

「……大丈夫よ。まだ計画段階だから大掛かりな作業もないし、特に滞る要素はないわ」

事実、進行に問題はない。ただ一緒にいて欲しいだけ。彼は彼でやらなければいけないことがあって、それに一生懸命打ち込んでいる。私のわがままに付き合わせられない。

瀬古くんは私の返事を受け、しばらく私の顔をじっと見た後に「そっか」と呟《つぶや》いた。

「瀬古、何を心配してんの？　美彩なんだから安心して任せればいいじゃん」

「……あぁ、そうだな。そういえば、明日はどうするか決めてなかったよな」

「明日？　普通に学校じゃないの？」

「知らないのか？　明日は秋分の日で、学校は休みだぞ」

「え、え⁉　そうなの⁉」

私が頷いてみせると、晴は明らかに動揺し始めた。本当に知らなかったみたい。

「ど、どうしよう。全然予定になかったから、明日使う用のお小遣いなんてないよ」

「あー。そういうことなら、明日は各々で過ごすか」

「え……」

思わず声が漏れた。明日も一緒にいられると思っていたから。

以前、晴の家にお邪魔したのがイレギュラーだっただけで、私たちは普段外で遊んでいる。そのためある程度の資金がないと十分に楽しむことができず、瀬古くんの出した結論にも納得がいく。

誰かのお家に集まるという手もあるけれど、瀬古くんが基本的にそれを避けている。また、前日にお願いするのはその家のご家族に迷惑をかけてしまう。

晴も煮えきれない表情をしていたけれど、自分に原因があるせいか「そうだね」と諦めてしまった。

そのまま公園のある岐路に着き、今日も私の心を満たす言葉をくれることなく瀬古くんは帰ってしまった。

晴とも別れ、まだ誰も帰っていない家に入る。慣れているはずの静寂が今日はやけに厳しい。

何でもいいから音が欲しい。そう願った時、カバンの中の携帯が鳴った。

『文化祭の準備で何かあった?』

今度は私の胸が高鳴った。トクトクと激しいリズムを奏で、一気に騒がしくなる。

「瀬古くん……っ」

携帯を胸に抱き、メッセージを送ってくれた彼の名前を呼ぶ。

メッセージの内容は先ほどされた質問と同じ。その意図をすぐに理解した。

心臓の鼓動音を聞きながら、震える手で文字を打つ。

『実は行ったことがないからお化け屋敷の具体的なイメージが湧かないの』

『だから明日、テーマパークにあるお化け屋敷に行ってみようと思っていて』

『晴は懐が寂しいみたいだから誘えないのだけれど、一人は少し不安だから』

『瀬古くん』

『一緒に行って欲しいのだけれど』

『だめ、かしら』

◇

「結構賑わってるな」

隣でそんな感想を漏らす瀬古くん。私は「そうね」と同意する。

今日は祝日。そのため、私たちが訪れたテーマパークは見事な盛況を見せていた。

「電車はあれだけ空《す》いてたのに」

「それについては時間帯もあったのでしょうね」

「だな」

今はお昼の一時過ぎ。私たちが最寄り駅で合流して電車に乗り込んだのが約一時間前。

お昼の真っ最中ということで、ちょうど電車の利用者が少ない頃だった。

　今日訪れたテーマパークは入園料とアトラクション体験し放題がセットになったチケットが二種類販売されており、その中でも午後一時からしか入れないアフターパスと呼ばれるチケットが格安で購入できる。私たちの用事はお化け屋敷のみでどのみち時間を余らせてしまうので、出費を抑えるためにもこのような中途半端な時間に入園することとなった。

　チケット売り場に向かい、瀬古くんが代表してチケットを購入してくれる。

「えっと、アフターパスを大人二枚お願いします」

　入園するには一人一枚が必要な中、私たちはチケットを二枚購入する。

　だって、今日は私と瀬古くんの二人だけだから。

「はい、夜咲のチケット」

「ありがとう」

「どういたしまして。まあ、夜咲の分は夜咲が払ってるんだけどな」

「自分の分は自分が出すわよ。むしろ私の用事に付き合ってもらっているのだから、瀬古くんの分を私が出してもよかったのだけれど」

「それは流石《さすが》に遠慮するかな。一応プライドもあるし……それが発生すると、申し訳が立たないと言うか……さ」

　煮え切らない物言いをする瀬古くん。けれどその真意を察した私は「そうね」と短く返し、話題を打ち切る。

いつもなら私たちの間にいる彼女に今日のことは伝えていない。除《の》け者にしたいという意図はなく、ただ知らない方がいいだろうという配慮から、そうしようと私から提案した。おそらく瀬古くんも彼女に伝えていないだろう。

チケット売り場の前でずっと話していても仕方がないと、私たちはスタッフの方に先ほど購入したチケットを見せて入園する。敷地内には多くのアトラクションがあり、つい目移りしてしまいそうになるけれど、瀬古くんが誘導してくれる形でお化け屋敷に向かって一直線に進む。

「あれっぽいな」

瀬古くんが指差した先には周りの建物と比べて風変わりな廃病院が立っていた。その前には多くの人が列をなしているのが見える。

「人の数すごいな。期間限定なんだっけ」

「ええ。夏限定だから、もう少しで終わってしまうらしいわ」

「なるほど。つまりこれは駆け込み需要みたいなものなわけか」

お話をしながら列に近づくと、待ち時間が書かれた案内看板を見つけた。

「一時間待ち、みたいね……ごめんなさい」

「いやいや、涼しくなってきたからそれぐらい余裕だって。ほら、早く並ぼ」

瀬古くんに促されて列の最後尾に並ぶ。少し横に逸《そ》れてみても先頭を視認することはできず、一時間で私たちの番が来るのかも怪しい。

一時間は目安で、おそらくそれ以上の時間待たされるのだと容易に推察できる。……けれど、私は密《ひそ》かにこの事態を喜んでいた。

詳細なイメージを摑《つか》むために実際のお化け屋敷に行く。今日のお出かけの目的はそれだけで、瀬古くんの様子から、おそらく見学を終えたらすぐに帰宅する流れになるだろう。けれど、お化け屋敷を体験する前の時間が長くなればなるほど、瀬古くんと一緒にいられる時間も増える。

「実は俺、このテーマパーク来たの初めてなんだよね」

「そうだったの？　その割には入園からここに来るまでスムーズだったけれど」

「ん、まあ昨晩調べたからさ。ゲートとお化け屋敷を繋《つな》ぐルートだけは頭の中にあるよ」

「……ありがとう、瀬古くん。そこまでしてくれて」

「これぐらい大したことないよ。……それに、まあ、案内はいるだろうなって思ってたから」

「？　どういうことかしら？」

「あー……いや、なんでもないよ。おっと前が進んでる。俺たちも詰めようぜ」

何かはぐらかされた気がしたけれど、言われるがまま、前に詰めて開いてしまった瀬古くんとの距離を詰める。

こうして瀬古くんと二人でお話をしていると中学時代を思い出す。教室で一緒にお話をすること自体は今と変わらないけれど、そこに私たち以外は誰もいなかった。

あれだけ教室でお話をしていても、休日に会うことはなくて。二人きりで出かけるのは今日で二回目。初めては高校に入ってからで、あの子の誕生日プレゼントを一緒に買いに行った時だった。

あの時は彼女の存在が私たちの間にあって、二人きりとは少し言い難い状況にあった。けれど今日はそのようなこともなく、完全なる二人きりであると言える。

……意識した途端、少し緊張してきた。けれど嫌なストレスではなく、むしろ愛しさを覚える。手放したくないとまで思えた。

◇

「――って感じで小田がはじけちゃって」

「ふふ。そんなことがあったの？」

瀬古くんとたわいもない話を続けていると、

「お待たせしました。二名様でしょうか？」

列の先頭にいる私たちに声がかかった。

瀬古くんと一緒にいると時間はあっという間に過ぎ去っていて、時計を確認すると一時間と少しが経《た》っていた。

「はい、二人です」

瀬古くんが二本指を立てながら答える。また少し緊張が増した。

……ふう、と一息吐《つ》いて気を引き締める。今日瀬古くんを誘った理由は決してでまかせではない。十分な資料を集められているとはいえ、やはり百聞は一見に如《し》かず、一度は本物のお化け屋敷を見てみたいと思っていたのだ。

資金からしてレベルが違うため全てを真似《まね》られるとは思っていないが、参考にできることとは取り入れていきたい。バッグからメモ帳とペンを取り出して準備し、入園する際に購入したチケットをスタッフの方に見せて中へ誘導してもらう。

「中に入っていただきますと目の前に廊下がありますので、必ずそれに沿ってお進みください。それと、中は瘴気《しょうき》が蔓延《まんえん》しており長時間の滞在は非常に危険ですので、なるべく立ち止まらないようにお願いいたします」

誘導されながら注意事項を伝えられた。その内容は世界観に沿いながらも園側の要望を伝えるものだと理解する。

「それでは……ご無事にお帰りになられることを祈っております」

恐怖を煽《あお》るような言葉を残し、スタッフの方は入ってきた重たい扉を閉じた。

中も病院施設を模したデザインとなっていて、初めに待ち構えていたのは受付だった。革がズタズタに裂かれているソファ、乱雑に置かれた担架、壁を赤く照らす照明など、既に病院の機能を失ってしまっており、怨嗟《えんさ》が渦巻く場所なのだと分かる演出がなされている。

扉の外とは雰囲気から全て異なり、まるで異界に入り込んでしまったかのような感覚に襲われた。

建物の中に入ってから早速多くの気づきを得ることができ、暗がりの中、微《かす》かな照明を頼りにメモを取っていく。

「これは……すごいな」

隣で瀬古くんが感嘆の声を漏らす。しかし、怯《おび》えている様子は見られない。

「瀬古くん、ホラーは平気なの？」

「ぽいな。ひとまず、夜咲に情けないところ見せずに済んで一安心だよ」

「あら。私は少し残念かしら」

「ええ……」

私の発言に困惑の色を見せる瀬古くん。その様子もまた可愛《かわい》らしいと思ってしまう。

「夜咲も平気っぽいな」

「そうね。今はただただ演出に惚《ほ》れ惚《ぼ》れしているわ」

「目線があっち側ってことか」

果たしてお化け屋敷を楽しめていると言えるのか。お互いに怖がる素振りを見せないまま、私たちは先に進んでいく。

受付を抜けると廊下が続いており、両脇には病室が並んでいて、その中の一つのドアが開いていた。中を覗いてみると真っ白なベッドが設置されていて、なぜかその上に敷かれている布団は盛り上がっている。

少し気になって見ていると、突然、その盛り上がりがバッと動き出して人の形を浮かび上がらせた。

……なるほど。わざと違和感を作って視線を誘導することで、仕掛けが見逃されないようにしているのね。

また新たに気づいた点を手元のメモ帳に記録しながら歩いていると、

「あ、夜咲、そこ——」

「え、きゃっ」

メモすることに意識が向いていたからか、小さな段差に気づくことのできなかった私は足を踏み外してしまった。

浮遊するかのような感覚に襲われる。しかし、次の瞬間には安心感に包まれた。

遅れて、横から伸びた瀬古くんの腕に抱きかかえられていることに気づく。

「えっと……大丈夫？」

「え、えぇ」

瀬古くんが支えてくれたおかげで転倒は未然に防がれ、怪我《けが》はない。けれど脈拍に異変は見られる。

「よかった。ごめん、すぐに離れるから」

申し訳なさそうに瀬古くんは離れてしまい、私の足元を確認する。

「暗闇の中だとこういう段差でも危ないな。俺たちの場合は教室を使うから段差はないだろうけど、なるべく足元には物を置かないようにした方がいいか……夜咲、ちょっとそれ貸してくれる？」

瀬古くんは私の手元にあるメモ帳とペンを指して言う。

断る理由もないので素直に手渡すと、瀬古くんはメモ帳に何かを書き込み始めた。おそらく先の気づきを記録しているのだろう。

「これでよし、と」

書き終えた瀬古くんはメモ帳を閉じ、それをじっと見た後にこちらを振り向いた。

「ここからはさ、客側の視点で行ってみようよ」

「客側？」

「そう。今の夜咲は演出や手法とかに目が行ってると思うんだけどさ、一度客側に立って体験してみるってのも大事だと思うんだ。そしたら、ほら、こういうことにも気づけるかもしれないし」

瀬古くんはそう言って、床を足で軽くトントンと叩《たた》いた。

たしかに、瀬古くんの言うことは一理ある。あくまで体験するのは客側。であれば、そちら側の視点に立って見た方が善《よ》し悪《あ》しというものを肌で実感できるかもしれない。

「そうね、そうしてみようかしら」

私の返答を聞くと瀬古くんはにっと笑い、メモ帳とペンを返してくれた。

「これ、しまった方がより客側の気分になって楽しめるかも。メモ取ってたら意識がそっちに寄っちゃいそうじゃん？　俺も気づいたところがあったらなるべく覚えとくからさ」

前段の流れから何もおかしくない提案。でもその裏に隠された真意に気づいた時、胸に熱を感じた。

「ええ。分かったわ」

提案を受け入れ、メモ帳をバッグにしまう。きっと、これでまた躓《つまず》くようなことは起きなくなるだろう。

瀬古くんの言う通り、記録を取る意識を手放すと得られる感覚が変わった。施設内は相変わらず薄暗く、妙に使用感のある設置された小道具は不気味で、時折遠くからは謎の音が聞こえてくる。

「…………」

先ほどまで平気だったそれらが、今は――

「よし、じゃあここからは全力でお化け屋敷を楽しもう……え？」

瀬古くんの困惑した声が近くから聞こえる。息遣いも、心臓の音も。

だって、私が彼の腕に抱きついてしまっているから。

「や、夜咲さん？」

「……どうして距離を感じる呼び方になったのかしら」

「いや、えっと、バランスを取ろうと思って……？」

「嫌、ではないのね」

「そ、そんなわけ……あれ？　夜咲、震えてる？」

瀬古くんが私の体の異変に気づく。触れ合っているから必然なのだけれど、気づかれたことに、そして縋《すが》るように抱きついてしまっていることに羞恥心を覚える。

「……もしかして、マインドが変わったことで平気じゃなくなった、とか？」

瀬古くんは私の状況を分析して言い当て、さらに辱めを加えてくる。自然と頬が膨れた。

「瀬古くん、いじわるね」

「ご、ごめん。でもこれは一体……」

「幸せホルモン」

「へ？」

「瀬古くんの言う通り、今の私は恐怖に苛《さいな》まれてまともに動けない状態に陥っているわ。けれどここにずっと居続けるのは嫌なの。強いて言うなら私は一刻も早くここから脱出したいと思ってる。だから少しでもストレスを取り除いて歩けるよう、脳内に幸せホルモンであるオキシトシンを分泌する必要があるの」

早口で捲《まく》し立てると、瀬古くんは勢いに気圧《けお》された様子を見せ「な、なるほど」と納得してくれた。

「……実際、効果ありそう？」

瀬古くんに聞かれて、自分の状況を改めて確認する。

……先ほどから心臓が激しく鼓動している。けれど嫌なストレスではなく、不安や恐怖もなくなっていて……むしろ安心していた。

「ええ。効果は絶大みたい」

答えて、彼の腕を抱く力を強める。彼から伝わる鼓動も強くなった。

「すごくドキドキしてる。もしかして瀬古くんも怖くなった？」

「い、いや、俺は別に怖くないんだけど」

瀬古くんも仲間かと思って少し嬉《うれ》しくなっていたのに、否定されて浮いた分が沈んでいく。

けれど、彼の言葉には続きがあって、

「……夜咲がくっついてきてるから、どうしても緊張するんだよ」

そう言ってそっぽを向いてしまう瀬古くんはとても愛《いと》おしくて。私の心はこの場に相応《ふさわ》しくないほど弾むような感情に支配されていた。

◇

建物から外に出るとまだお昼なので当然明るく、ほっとする。

けれど、同時に、もっと安らぎを与えてくれるものは離れてしまった。

ひと一人分離れたところに並び立つ瀬古くんは、周りを見渡してから何かを指差してこちらを振り向く。

「来てからずっと立ちっぱなしだし、あそこのベンチでちょっと休憩しない？」

「休憩……そうね、そうしましょう」

瀬古くんの提案に頷《うなず》き、私たちはちょうど空いていたベンチに移動して座る。疲労が溜《た》まっていた脚が楽になっていく。

「しかし、すごかったなお化け屋敷。さすがプロっていうか、あそこまでディテールにこだわっているとは思わなかったよ」

「ええ。舞台設定から雰囲気作り、そしてアクションを起こすタイミングなど緻密に練られていて感心することばかりだったわ」

「おかげで夜咲は見事に怖がってたしな」

「……今日の瀬古くん、やっぱりなんだかいじわるね」

「はは。まあ、いつも揶揄《からか》われてるからその仕返しってことで。たくさん声も出てたし、そこの自販機で飲み物買ってくるよ。何がいい？」

「瀬古くん一人で行くの？　私も一緒に行くわ」

「いいからいいから、座っててよ。二人で離れるとその間に席取られちゃいそうだしさ」

適当に買ってくるよ、と言って立ち上がろうとする瀬古くん。気づけば私は……彼の服の裾を摑《つか》んでいた。

「待って。飲み物はいらないから。だから……」

一緒にいて。そんな言葉が口から出そうになった。

私の言葉の続きを待っているのか、瀬古くんはじっと私を見つめる。けれど私の口が再び開くことはなく、それを悟ったのか「分かった」と頷いて座り直した。

お互いに正面を向き、沈黙が時間を刻んでいく。私たちの間に漂う空気は微妙な緊張を含みつつも、心地よさを感じさせる。

……本当に、今日は瀬古くんを誘って来てみてよかった。お化け屋敷のリサーチができたのもそうだけれど、きっと、あのまま今日を一人で過ごしていたら完全に塞ぎ込んでしまっていたと思うから。

瀬古くんと合流できたのはお昼からだったけれど、出かける準備をしている朝の時間も心は満たされていて、合流してからはずっと心が浮《うわ》ついている。

……けれど、それももう終わってしまう。今回のお出かけの目的は達成されてしまった。そのため、あとは帰るのみとなる。

今日が終わっても、明日になればまた学校で会えるのに。瀬古くんだけではなくあの子もいるのに。まだ帰りたくない、そんな感情に支配されている。

どうして？　心の中で自分に問いかけるも、モヤのかかった回答しか返ってこない。

「おっ」

思考を巡らせていると、隣で瀬古くんが何かを発見したような声を出した。

瀬古くんの視線が向かう先を追ってみる。そこには一人の成人女性とドレスのような服を着た小さな女の子がいた。女の子は女性にベッタリとくっ付いており、二人は母娘《おやこ》なのだろうと推察できる。

どうして瀬古くんはそんな母娘に注目したのか。理由は女の子の視線の先にあった。

「あの子、ずっとこっち見てるな」

そう。瀬古くんの言う通り、女の子は母親の脚に隠れながらじーっとこちらに視線を向け続けている。

「ここに座りたいのかしら」

「いやいや、多分あれは夜咲のことを見てるんじゃないかな」

「私を？」

「あぁ。綺麗《きれい》なお姉さんを見つけて見惚《みと》れてるんだよ」

綺麗。瀬古くんがそう言ってくれたことは今までに何度もあったけれど、いつでも私の心は舞い上がってしまう。

そして、彼の言葉は本当なのだと思えてしまっている。

「夜咲。ちょっとあの子に手を振ってあげてみてよ。微笑《ほほえ》んでやるともっといいかも」

私は……彼の言う通りにして、女の子に笑みを向けて小さく手を振ってみる。

「――！」

すると女の子は目を見開き、キラキラと輝かせて……母親の陰から出てきた。

「ちょ、ちょっと！　待ちなさい！」

母親の制止の声を無視して、女の子は小さな歩幅で私たちのもとへと駆け寄ってくる。

そして、さっきまであんなに遠くに感じていた女の子が目の前にまでやって来て。

見上げる形で大きな瞳を私に向け、

「おねえさんって、もしかしてお姫さま？」

なんて、珍妙なことを聞いてきた。

「へ⁉」

思わず素っ頓狂な声が出てしまい、即座に口を手で押さえる。

「くっくっ」

隣でこみ上げてくる声を抑えるようにして笑う瀬古くん。「やっぱりかぁ」と呟《つぶや》き、ベンチから降りて女の子の目線の高さに合わせる。

「よく分かったね、お姉さんはお姫様なんだよ。でも今はお忍び……お城からこっそり抜け出してきてるから、他のみんなには内緒にしててね」

そう言って、人差し指を唇に当てた。

女の子は幼くて純粋で、うんうんと勢いよく頷く。そして、まるで憧れの存在を前にしたような表情を私に向けた。

それから、女の子は私にたくさん喋《しゃべ》りかけてくれた。どこから来たの、とか。どうやったらお姉さんみたいになれるの、とか。純粋な目を向けられながらそんなことを聞かれて、私は彼女の期待に沿えるような返事を続けた。

そのうち、プライベートなお話もして。隣に並んで座り、しばらく会話を楽しんだ。

「ばいばい、おねえさんっ。おにいさんも」

「ふふ。さようなら」

「じゃあね」

こちらに頭を下げる母親に手を引かれながらさよならを告げる女の子に、私たちは手を振り返す。

「いやー、あれは完全に夜咲のことをお姫様だと思い込んでるだろうな」

「もう。嘘《うそ》を吹き込んだらダメでしょ」

「はは。でもさ、夜咲も乗ってくれてたじゃん」

「それは……そう、だけれど、あの子の夢を壊してはいけないと思って」

私がそう弁明すると、隣に座り直した瀬古くんは柔らかく笑った。

「夜咲はやっぱり優しいな」

「こ、これくらい普通よ」

「んー、まあでも途中からあの子も夜咲の優しいところとか、そういう魅力に気づいていたみたいだぞ。めちゃくちゃ懐いてたし」

「それは、私がお姫様を演じてたから」

「それもあるだろうけど、夜咲だからあの子はあんな質問したんじゃないか。『どうやったらお姉さんみたいになれるの』って。あれってさ、夜咲自身に惹《ひ》かれてないと出てこないと思うんだ。それに、最後の方は完全にお姫様関係ない話してたし」

「あ……」

瀬古くんの言葉に納得させられた。

彼女が私に魅力を感じてくれたのかは分からないけれど、たしかに私たちは打ち解け合えていた。

そもそも、あれだけ遠くに感じていた女の子がどうして私のそばまで来てくれたのか。

そのきっかけは――

「ねえ、瀬古くん」

「ん、何？」

「どうして、私に手を振らせたの？　どうしてそれで、あの子が心を開いてくれると思えたの？」

まるで、こうすれば上手《うま》くいくと瀬古くんは分かっていたかのように指示をくれた。そのことがどうしても気になって、私はそんな質問を投げかける。

すると瀬古くんは苦笑してみせて、正面を向き、少し遠くを見ながら答える。

「正直なところ、確信とかはなかったよ。ただ、些細《ささい》な働きかけで人間関係は大きく変わるって身を以《もっ》て知ってるからさ。……俺はそうやって小田や真庭《まにわ》と友達になれたし、夜咲とも、今となっては一緒にテーマパークに来るような仲になれてる」

彼のしみじみと紡ぐ言葉が、私の胸に浸透していく。

「あとは、そうだな。ちょっと交流してみれば、夜咲のあり余る魅力が伝わらないわけがないだろうって。そこには自信があったかな」

こちらを振り向きニッと笑う瀬古くん。その笑顔に、心をひどく動かされた。

……間抜けね、私。瀬古くんが変わることができたのを見て彼のように私も変われると期待を抱いたくせに、彼のことをちゃんと見れていなかった。

ヒントはすぐそばにあったのに。他の誰か、そう、あの子のようにならないとなんて思ったりして。私には無理だとどこかで諦めていた。

けれど、彼は教えてくれた。私は私のままでいいのだと。ただ、少しアクションを起こすだけでいいのだと。

例えば、彼を頼るとか――

「……聞いて、くれるかしら。私の抱えている悩み。情けない私の話を」

気がつけば、口からこぼれるように弱音が出ていた。けれど後悔はなくて、

「むしろ聞かせて欲しい。夜咲のこと、もっと知りたいからさ」

彼は、まるで私が悩みを打ち明けるのを待っていたかのように微笑む。

――私は話した。気がつけば自分から人が離れていってしまうこと、変わりたいと思って中学進学時に環境を変えたこと、それでもダメだったことを。

瀬古くんは時折相槌《あいづち》を打ちながら話を聞いてくれて、

「多分さ、今はまだ大半のクラスメイトが夜咲のことを誤解してると思うんだけど、文化祭を通して絶対にみんな夜咲のたくさんの魅力に気づく。そのきっかけやタイミングは人

それぞれだろうけどさ、俺はそう思うんだ」

まっすぐ私の目を見ながら、彼は言葉をくれた。

きっと、他の誰かに言われても何も響かなかった。けれど、彼の言葉だから。私のことをこんなにも見てくれて、こんなにも理解してくれている彼の言葉だから。

「で、これは俺の情けない話なんだけど」

「瀬古くんの？」

「うん。……本当に、夜咲の魅力がみんなに知れ渡るのは嬉《うれ》しい。でも同時に、知って欲しくないって気持ちがあるんだ。卑しい独占欲。本当に矮小《わいしよう》で、情けない話だろ」

苦々しい顔をする瀬古くん。まるで、自分を責めているように見える。

一方で。私の心は潤いを感じていた。

どうして彼が私に対して独占欲を働かせているのか。最近はその言葉をくれていないけれど、おそらくそうなのだろうと悟った。

私も、彼の魅力をたくさん知っている。

細やかな気配りができるところ。誤魔化《ごまか》しが利かないところ。いつもは冷静を装っているけれど、時折無邪気に笑うところ。揶揄《からか》うと赤くなった顔をそっぽに向けるところ。恥ずかしくて、お礼を言われそうになると逃げるところ。実は負けず嫌いなところ。授業に集中した横顔が、その……かっこいい、と思う時があるところ。

そして、私の知らない私を知ってくれているところ。たくさん褒めてくれて、それを言葉にして私に教えてくれる。

もし、私以外の誰かが彼の魅力を知ってしまったら。彼が私以外の誰かに優しくするようなことがあったら。

「――っ」

胸に鋭い痛みが走る。呼吸が浅くなるほど、その感情が私を押し潰そうとしているのが分かる。

……そう。そういうことだったのね。やっと理解した。

本当に、私は間抜けね。

「その欲望は誰しも抱くものだわ。だから、仕方のないことじゃないかしら」

「はは。そう言ってもらえると救われるよ。って、俺が慰められてどうするんだ。夜咲が相談してくれてるのに」

「ふふ。……それなら、もう少しだけ私も慰めてもらおうかしら」

「えっ!?」

横にスライドし、空いていたスペースを埋めて――彼との距離をゼロにした。

瀬古くんの右肩と私の左肩が触れ合う。

「や、夜咲？」

混乱している瀬古くんをよそに、私は……頭を、彼の右肩に乗せた。ビクッと反応したのが直《じか》に伝わる。

「……もしかして」

「ええ。幸せホルモンよ」

「なぜ頭を肩に？」

「触れ合う面積が広ければ広いほどいいとされているからよ」

「……なるほど」

納得してくれたのか、それ以降瀬古くんは何も言わなくなった。ただ、ずっと遠くを見つめている。

……こうして彼に触れていると、本当に幸福感が高まっていく。

熱が伝わり、音を聞いて、彼を感じて。

胸の奥で鼓動が激しくなる。

「瀬古くんはこの後、予定はあるのかしら」

「え？　な、ないけど」

「そう。それならあそこのレストランで一緒に食事でもしないかしら。私、お昼を抜いてきたから少しお腹《なか》に入れたいの」

「あ、あぁ。それは俺も同じだから賛成かな」

「ふふ。よかった。その後は、そうね。一緒にあれに乗ってみましょう?」

「え、観覧車!? 夜咲、俺より高いところ苦手じゃなかったっけ」

「大丈夫よ。こうしていれば平気って、夏に学んだもの」

「あー……なるほど」

「いや、かしら」

「と、とんでもない。お供させていただきます……」

「ふふ。何それ」

一年と半年前、あなたに出会ってから私は何一つ変わることができていないと思っていたけれど。

一つだけ、確かな変化があったことに気がついた。

先ほどの胸の痛みとこの高鳴りを、私はずっと前から知っている。

私はもう、取り返しのつかないくらいあなたに恋をして《変えられて》いたのね。

第十話　白熱の体育祭

　晴天に恵まれても少し肌寒い、すっかり秋を迎えたことを実感する今日。

「宣誓！　僕たち」

「私たちは」

「スポーツマンシップに則《のっと》り……」

　代表の男女二人の宣誓により、体育祭が開催されようとしていた。

「おい。C組が体育教師を買収したって話は本当なのかよ」

「いいか。これは一服盛るだけで便通が良くなるってブツだ。部活の別クラスの先輩を労《ねぎら》うフリして、これを忍ばせた飲み物を差し入れしてだな」

「スタートの合図の銃声の前にフェイクで俺が大声を上げる。他は全員フライングして失格になるって寸法だ。お前も間違えて走り出さないようにするんだぞ」

　周りから聞こえる何やら怪しい会話。スポーツマンシップはどこへ。

「瀬古《せこ》氏。あれらは本気ではなく、ただ惑わせるためだけに話しているに過ぎん」

「なんだ。実行はしないのか」

「流石《さすが》にそこまでするとと問題になってしまうからな。先生方もそこら辺は厳しく見ていると思う」

「それもそうか」

悪質なズルを行う者たちが蔓延《はびこ》る学校ではないことが分かり安堵《あんど》する。

しかし、小癪《こしゃく》な盤外戦術を行っていることは事実。それだけ、生徒たちのこの体育祭にかける熱はひとしおということなのだろうか。

まあ、正面から勝ち切って欲しいというものだが。うちはうちで最強格の二人を全競技に投入しているのでこれ以上はやめておく。

今は全生徒がグラウンドの中央に集合していて、それを囲むように周りにはちらほらと人が立っており、その人数は少しずつ増え始めている。

「平日開催ではあるが、意外と保護者の方も来場されているな」

俺の視線を追ったのか、小田《おだ》がそのような感想を漏らす。

「だな。小田のとこの親も来るのか？」

「否《いや》。仕事がある故無理だと言われた。まあ我的にはこの催事に来られても困るのでちょうどいいのだが。瀬古氏のところはどうなのだ？」

「さあ？　一応、来るのかどうか聞いてみたんだよ。そしたら『なにー？　来て欲しいのー？』ってニヤニヤしながら言われてさ。ウザ絡みされたよ」

「瀬古氏は何と返したのだ？」

「『別に』って」

「むふ！　瀬古氏のツンデレが炸裂《さくれつ》しておる」

「おい、なに人のことを勝手にツンデレキャラにしてるんだよ。俺ほど素直に好意を示すやつはいないぞ」

「瀬古氏は割と母上に対してはツンデレ気味になるぞ？　……最近は、他の者に対しても素直になれていない時があると思うがな」

「はい？」

それってどういう意味だよと問いただそうとした瞬間、前方から体育教師の眼光に射抜かれ、萎縮した俺たちは会話を中断した。

◇

開会式を終え、体育祭は次のプログラムへと進む。

最初の競技は徒競走で女子部門、男子部門の順に行われる。

「あれ。瀬古氏も徒競走に出るのであろう？　この次なのだから、入場門前で待機しなくてもよいのか？」

クラスごとに割り当てられた応援席に居座っていると小田にそう訊《たず》ねられ、

「……まあちょっと応援していこうかなって」

と答えると、「ふむ」と納得したのかよく分からない曖昧な返事がきた。

「しかし、少し楽しみであるな。日向《ひなた》氏と早川《はやかわ》氏、我がクラスの誇る最終兵器がどれほどこの戦場を蹴散らしてしまうのか」

「一発目から出てるんだな、俺たちの最終兵器」

「こ、細かいことを言うではない！」

「はは。まあ、うちのクラス内で走ってるのは見てきたけど、他クラスと走ったことはないからなぁ」

この本番こそが、日向の実力が真に披露される場といえるだろう。楽しみだ。

日向の番は中盤らへんで、スタートの位置の近くに並んで座っているのを見つけた。

「……あ」

目が合った。一瞬逸《そ》らされてしまったが、すぐにまたこちらに視線をくれる。

この状態のまま何もしないのも気まずいので、小さく拳を作り、口パクで「頑張れ」と伝える。すると彼女は顔を伏せてしまったのだが、握った拳を返してくれた。

果たして俺の応援は彼女にとってプラスに作用するのか、少々不安を覚える反応だったため苦笑する。

それから何組かの走りを見届け、ついに日向の組が番を迎えた。

スタートラインの前に立つ日向。その表情は真剣で、いつもの印象と違い、かっこいいと思えた。

「位置に着いて――」

パンッとピストルの空砲が鳴り響いたと同時に駆け出す。綺麗《きれい》なフォームで大きく腕を振って走っていく日向はぐんぐんと加速していき……

「もしかしてうちら、やっちゃってる？」

「あの二人が全競技に出るのチートでしょ」

「日向さんってあんなに速かったんだ……」

日向、そしてそれに続いて早川の組の走りが終わると、驚愕《きょうがく》とも困惑ともいえる声が隣から聞こえた。

「最終兵器って、やっぱり最後に出してこそなんだろうな」

「う、うむ……」

徒競走の組み分けは各クラスの出場者を実力順に振り分けた結果だ。それは実力のかけ離れた走者同士を一緒に走らせないための措置……なのだが。

俺たちが日向と早川に全ベットしているように、他クラスも有力者を全競技に参加させているだろう。そのため、日向や早川と一緒に走ったのはそういった人たちなわけで。

彼女らは圧倒的な勝利を収めた。つまり、他クラスとのエース勝負を制してしまったのだ。

「これは本当に優勝もあり得るのかもしれんな」

小田の言葉に頷く。しかし、日向たちがどれだけ頑張ってくれても、他が足を引っ張ってしまったら分からない。

「さて。俺も頑張ってくるよ」

彼女たちの頑張りを無駄にしたくないし、それに、格好悪いところを見せたくない。

意気込む俺は、次の競技に出場するために応援席を離れ、入場門前へ駆け足で移動する。

入場門前には既に多くの男子が待機していた。まだ点呼は取られていないみたいで安心していると、「瀬古くん」と俺の名前を呼ぶ綺麗な声が聞こえた。夜咲《やざき》だ。

「今来たみたいだけれど、どこにいたの？」

「えっと、ギリギリまで応援席で応援しててさ」

「応援……そう。晴《はる》が出ていたものね。彼女、どうだったかしら」

「あー……なんていうか、圧巻だったよ。優勝も現実味を帯びてきたっていうか。もはや勝利の女神が走ってるよあれは」

日向の快勝ぶりを冗談めかして話す。

「女神……」

下手《へた》なことを言ったのか、夜咲の表情が少し曇った気がしたので急いで話題を変えることに。

「と、ところで夜咲はどうしてここに？」

「あ……その。出場する前の瀬古くんに一声かけようと思って」

「俺に？　え、ってことは俺のこと探してくれてたの？　ご、ごめん」

「いいのよ。私がしたくてしていたことだから。それに、こうしてちゃんと会えたから」

一歩、夜咲がこちらに進んで。彼女の後ろで結ばれた長い髪が揺れる。

「瀬古くん……」

彼女が何かを言おうと口を動かしたその時、

「そろそろ入場するぞー。来てないやつはいないかー？」

先生の声が聞こえた。目の前の彼女に引き込まれていた意識が戻ってくる。

「やべ、俺行かなきゃ。またな、夜咲」

開会式の時に睨《にら》まれたし、これ以上やらかしたらマークされかねない。ビビった俺は夜咲と別れ、急いで待機列へと向かう。

その途中、後ろから「ぁ」と小さな声が聞こえた気がした。

◇　◇　◇

次のプログラムに移り、男子たちが入場していく様子を少し離れたところから眺める。

彼に一言、頑張ってと伝えたかった。エールを送りたかった。

けれど時間がなくて、今もその言葉は私の中に眠っている。

ずっとここにいても仕方がないのでクラスのみんながいる応援席に向かうと、先ほどまで徒競走に出場していたクラスメイトたちが戻ってきていた。その中に晴がいて、多くの女子生徒に囲まれている。

「日向っちマジやばい！　最強だった！」

「あ、ありがと！」

「今日の日向さんは早川観測史上最高の走りでした！　うー、早川も戦ってみたいです。今日だけ他のクラスに移ることは可能でしょうか⁉」

「早川っちは寝返ろうとすんなし」

賑やかに晴の走りを褒め称《たた》えるクラスメイトたち。晴は先ほどから照れた様子を見せている。いつもと変わらない可愛《かわい》らしい姿。だけど今日はキラキラと輝いているように見えて、まるで、彼が言っていたような存在に見える。

「もしかしてなんだけどさ、日向さんだけジャージ着たまま出てたけど、それって本気を出す時に脱ぐやつ？」

誰かがそのような質問をすると、近くから「むふ！」という声が聞こえた。

「ち、違うよ⁉　あたしもう本気出してるから！」

「でもジャージ着てたら走りにくくない？　どうして着てるの？」

「う、うぅ……それは……」

「そういえば日向さん、ジャージを着始めてから一層速くなったように思います。もしかしてジャージに速さの秘訣《ひけつ》があるんですか!? くっ、早川持ってきてません! お家《うち》に取りに帰ってもいいでしょうか!?」

「はいはい。早川っちにはうちの貸したげるからねー。てか早川っちも速かったよー」

早川さんを宥《なだ》める姫宮《ひめみや》さんの様子を見て晴は微笑むと、ぱっとこちらを振り向いて駆け寄ってきた。

「えへへ。たくさん褒められちゃった」

「圧倒的だったみたいね。ごめんなさい、私は見れていないの」

「い、いいよいいよ。あたしの場合、全部応援しようとしたら大変だろうし」

「そう言ってくれると助かるわ。けど、一緒に練習していた早川さんたちも驚くほどの走りを見逃してしまったのは残念だわ」

「あ、あはは。自覚はないんだけど、さっきのあたしって普段以上に速かったみたい」

「晴は本番に強いタイプなのかしら」

「どうだろう。その自覚もないなあ。……もしかしたら、その」

晴は顔を赤く染め、口元をジャージの袖で押さえながら言う。

「応援のおかげ、かも」

若干こもっていたけれど、たしかに聞き取ることができた。胸にモヤがかかる。

……それは、誰からの？　姫宮さん？　他の女子？　それとも……

「あ、瀬古」

彼の名前が出てきて心臓が跳ねる。

声の主である晴はトラックの方を見ており、その視線の先を辿《たど》ると瀬古くんが走る準備をしていた。構えてピストルの音を待っている。

本当は彼が入場する前に伝えたかった。放課後、一生懸命練習に励んでいた姿を見ていたたことも。瀬古くんなら上位になれることも。

彼は今すぐにでも走り出そうとしている。……言い換えれば、まだ、スタートを切っていない。今ならまだ間に合う。

前に移動し、応援席を定めるラインギリギリに立つ。そして、

「頑張って！　瀬古くん！」

周りのことなんて一切気にせず、彼に届くように、精一杯大きな声を出した。続くように、銃声の音が鳴り響く。

「え、今の夜咲さん？」

「あんな大きな声出るんだ」

「……美彩《みさ》？」

周りから困惑する声が聞こえてくる。顔が熱い。

気にしたくなくても気になってしまう。だから私は意識を前にだけ集中した。瀬古くんの走りを見つめる。そして――

「うおー瀬古氏ー！」

「瀬古さんやりました！　一着です！」

「瀬古っちやるぅ〜。スタートダッシュがバッチリだったねー」

彼は僅差で一着になることができた。肩で息をしながら、気恥ずかしそうにガッツポーズを見せてくれる。

「あ、あはは。すごいね、瀬古。一着だって。……美彩は瀬古にとっての勝利の女神、なのかな」

おそらく晴は、瀬古くんが一着になれたのは私の声援のおかげだと言いたいのだろう。

「瀬古くんは練習頑張っていたもの。だからこれは彼の努力の賜物《たまもの》でもあるんじゃないかしら」

彼の練習する姿をずっと見ていたから、彼の努力を否定するようなことは言いたくないけれど。彼女が言ってくれた言葉も否定したくなかった私は、そう口にした。

◇　◇　◇

応援の力というものはたしかにある。それを実感することのできた俺は、引き続き応援席からエールを送っていた。

といっても送る相手は限られていて、日向ぐらいなのだが。彼女は全競技に出場しているため応援のしがいがあった。

徒競走に続き障害物競走、そして玉入れなど。走るだけでなく球技も得意な日向がいるうちのクラスの女子部門は完全に無双状態に入っており、応援するチームが勝ちまくっていくのはとても気持ちがよかった。

いや、もしかしたら。彼女の活躍ぶりが見ていて気持ちよかっただけかもしれないが。

女子にばっか頼りっきりなままでいられるか、というか戦犯にはなりたくないということで男子陣も奮闘。俺や小田も参加した騎馬戦では最後まで残り、しっかりとポイント稼ぎに貢献した。

とまあ、独走状態に入っていると思われた俺たちA組だが、二年生や三年生の成績はあまり振るっておらず、実際はそこそこのリードに留《とど》まっている。

そんな状態で、午前の部最後の競技となる借り物競走が始まった。

俺の周りの参加者は言わずもがなの日向、そしてこれが唯一の参加競技となる夜咲だ。

「一応これにも得点あるんだよな？　借り物競走ってもっとほんわかした競技だと思ってたんだけど」

「一応競走であるからな。しっかりと順位ごとに得点が割り振られている。それに、あれを見よ、瀬古氏」

「……なんか水泳ゴーグルの付いた野球のヘルメットを被《かぶ》ってテニスラケットを持ちながらバレーボールをリフティングしてる弓道着を着たバケモノがいるんだけど」

「うむ。おそらく多くの条件を兼ね備えた人間を用意することで、この競技を優位に進めようと企てているのだろう」

「……まあ、ガチな競技だってことは分かったよ」

でも他クラスにも借りられてしまうのでは？　と思ったが、もう考えるのが面倒になったので思考を放棄する。

とにかく今は二人の応援だ。といってもこの競技に関してはお題次第みたいなところがあるし、意味があるかは分からないが。

「お、日向氏だ」

ピストルの音と共に、日向を含めた五人が一斉に走り出す。ここでもその脚力は発揮され、長くない距離にもかかわらず、前方にある伏せられたお題カードを手に取った時には後ろと大きく差をつけていた。

しかし、カードを手にしてから日向は固まってしまい、そのまま後から来た走者に抜かれてしまった。

おそらく彼女は何か難しいお題を拾ってしまったのだろう。しかしそこまで悩むお題とは。一体何が書かれていたんだと考えていると、ついに日向が動き始めた。

彼女はまっすぐ、だけど視線は逸《そ》らしたまま、俺のところへと走ってきて、

「……きて」

短くそう言って、手を差し出してきた。

「えっと、俺？」

一応確認を取ると、日向はこくりと静かに頷《うなず》く。視線はずっと合わせてくれない。

この手を取っていいのか一瞬だけ逡《しゅん》巡《じゅん》した後、俺は彼女の手を握った。

日向と手を繋《つな》いだことは今日が初めてじゃない。だけど、その時はいつも二人きりだった。今みたいに、学校の人たちに見られながら握ったことはない。

変に緊張する。さっきから心臓がうるさく鳴り響いている。だけど柔らかい手の感触を楽しんでいる自分もいる。

そもそもお題は何だったのか。あれだけ悩んだ末に考えついた先が俺になるお題なんてパッと出てこない。

「なあ、日向」

「………………」

「おーい」

彼女はさっきから目を合わせてくれないどころか会話にも応じてくれない。ただひたすらゴール地点を見つめている。今はゴールを優先したいということなのだろうか。だけど走る速度はあまり速くなく、俺でも余裕でついていけるほどだった。

巻き返せたと言うべきか、二番目くらいにゴール地点に到着した俺たちは、お題と合っているか確認をする係をしている松居《まつい》先生のジャッジを受けることに。

松居先生は日向から受け取ったカードを見て「へぇ」と口角を上げる。俺の手を握る力が強くなった。

「なるほどね。オッケー、合格」

「なんか雑だな。ちなみにお題は何だったんすか？」

「いいからいいから、早くどいて。次来るからさ」

しっしっと手で追い払われた。やっぱり雑だなあと思いつつ、ここで引き下がるのもたしかに邪魔になりそうなので諦めて離れる。

さて。俺の役割は果たせたと思うので応援席に戻ろうと思ったが、まだ日向と手を繋いだままだったことに気づく。

「日向。俺、応援席の方に戻ろうと思うんだけど」

「う、うん」

「いやその、手。日向はまだ戻れないだろ？」

「……あっ」

忘れていたのか、日向は指摘を受けると慌てて手を放した。そして彼女は自身の両手を絡ませる。

「瀬古……お題、気になる？」

「まあな。自分が選ばれたわけだし」

「そ、そうだよね」

日向の顔の赤みがさらに増していく。何かを言いかけそうで言わない時間が続く。

「す……すき……」

上目遣いで揺れる瞳と目が合った。心臓がドクンと跳ねる。

「……好き勝手してもいいと思ってる人」

「……あぁ、そういうことね」

最後まで聞いて、たしかに俺に当てはまるお題だと得心する。

「でも、それなら悩むこともなかったんじゃないか？」

「……そう、だね。あはは」

乾いた笑いをこぼす日向。その心の内を覗こうとしたところで、彼女は揶揄《からか》うような笑みを浮かべ、

「でもそれって瀬古は好き勝手されてもいいって思ってるってこと？　変態じゃん」

と、いつものように悪態をついてきた。

「……そういう意味じゃねえっての」

だから俺も、普段通りの返しをして。見えないよう心に蓋をした。

◇◇◇

彼への想《おも》いに気づいてから、時折私の中に渦巻く感情の正体を知ることができた。

嫉妬。妬み。羨慕。

醜いと思っていた、自分には無縁だと思っていたその感情は、彼が彼女と一緒にいる時によく生じていた。

そして、今も。

借り物競走で晴が借りてきたのは瀬古くんだった。ルールでそう定められているから仕方のないことだけれど、晴は借り物である瀬古くんと手を繋いで走る。その姿を見て、私は胸をズキズキと痛めていた。

目を逸らしたい。けれど彼らの動向が気になって仕方がなく目を逸らせない。自分の把握している内で起きていることに安堵《あんど》する、けれど苦しくなる。

辛《つら》い。それなのに手放したくないこの感情。彼のことを想えば想うほど大きくなっていく。

瀬古くんで条件を満たしていたみたいで、晴は無事にゴールすることができた。一体、彼女の拾ったお題は何だったのか。

……私も。私も瀬古くんと一緒に走りたい。手を繋いで、クラスメイトだけでなく顔も名前も知らない生徒たちに見られながら。

そんな願望を胸に、拾ったカードに書かれていたお題は――

『同じクラスの男子』

彼に当てはまるもので、そして、他の誰かでも当てはまるものだった。

もっと特別なものがよかった。彼だけが特別だと言える何かが。

けれど、これでも最低限の願望は叶《かな》えることができる。私はすぐに駆け出し、彼のもとへ向かった。さっき晴に借り出されてからちょうど戻ってきたみたいで、一息ついているところだった。

「瀬古くん」

「夜咲？　え、もしかして」

「私と一緒に、走ってくれないかしら……？」

語尾が弱まる。断られたらどうしよう、そんな不安がよぎったから。

「……俺でよければ」

少し間を置いて彼は首を縦に振り、手を差し出してくれた。

私はゆっくりとその手を取って。私たちは初めて手を繋いだ。

彼の手は大きくて、そしてとてもあたたかく、繋いでいるだけで安心する。

ずっとこのままでいたい。競技のことなんて忘れて別の場所へ。二人きりになれるところへ行きたい。けれど私たちの目的地は決まっていて、そこに着いてしまうとこの手を放さないといけない。

矛盾した感情。心の中で葛藤しつつ、私は精一杯走る。けれど、意識は前方のゴールではなく、ずっと手元にあった。

「おいおい。また来たのか瀬古」

ゴール地点で待っている松居先生が瀬古くんを見て言う。

苦笑する瀬古くんを横目にお題の書かれたカードを渡すと、松居先生はすぐさまそちらに視線を移した。

「さてさて。今回この色男は何てお題で連れられてきたんだ……ふーん、『同じクラスの男子』か」

「今回は教えてくれるんすね」

「ごちゃごちゃうるさい。こちとら若いからってこんな仕事押し付けられてたまったもんじゃないってのに、もっと若いやつらのキラキラした青春見せつけられて、あーくそ。瀬古、この気持ちが分かるか？」

「おっと、ここにいたら邪魔になりそうだ。お題クリアしてそうなんで行きますね」

瀬古くんに手を引っ張られて先に進む。後ろから松居先生の怒声が聞こえるけれど、彼に誘導されるように歩いていることに胸が騒ぎ立てていてそれどころではない。

彼の腕から伝わる力に抗《あらが》わず、されるがままに連れられる。そこに私の意思はないのに、どこか心地よくて、そのまま瀬古くんの好きなようにして欲しいと思ってしまう。

けれど、彼は突然私に自由を返してくれた。手のひらからぬくもりが消える。

「三着か。上々の結果だったんじゃないか？」

「……そうね。ごめんなさい、瀬古くん。さっき走ったばかりなのに、また走らせてしまって。他の人でもクリアできるお題だったのに」

「え。いやいや、謝らなくていいって。むしろ選んでもらって光栄っていうかさ、夜咲と一緒に走れて嬉《うれ》しかったし……」

頬を掻《か》きながら、少し視線を逸らして言う。

「夜咲が他の男と一緒に走るのを見るのは……嫌だからさ」

瞬間、私の胸に温《ぬく》もりが返ってきた。心が溶けてしまいそうな感覚に陥る。

彼の言葉一つで変哲もないお題が特別なものに変わったと、そう思えた。

◇◇◇

借り物競走で謎の活躍を見せた俺。あの後も、顔も知らない先輩から「来てくれ！」と強引に連れ出されたりと借り物として大人気だった。

ちなみに、その先輩のお題は『校内の有名人』だった。何で有名になってしまっているのか考えるのはよした。

そして、なんやかんや午前の部は終了。これから一時間の昼休憩を挟んで午後の部が始まる予定だ。

せっかくのイベントごとだ、ということで昼食を外で摂《と》る生徒も多く、俺たちも例外ではなかった。俺が持参したシートを地面に敷き、その上に座って食事をする。

涼しくなった秋頃、青空の下で食べるのも乙なもんだと感慨に耽《ふけ》る。

「ねえ、晴」

夜咲が箸の手を止め、日向をまっすぐ見つめる。

「さっきの借り物競走のお題、晴のは何だったのかしら」

ん、曇ったか？　と思い見上げたが、相変わらず空は雲一つなかった。

「お、お題？　えっと、なんだったかなー」

なぜかとぼける日向。目が完全に泳いでる。

「『好き勝手していいと思ってる人』だっただろ」

「あ……うん。そうだったそうだった、あはは」

「……そう。晴、瀬古くんにもっと優しくしてね？」

「せ、瀬古次第だよ、そんなの。……それで、美彩は、何だったの？　お題」

「私は『同じクラスの男子』だったわ」

「ふーん……じゃあ、あたしのお題と違って、瀬古じゃなくてもよかったんだ」

なぜだろう。秋は乾燥しやすいというのに、湿度が高くなった気がする。

「お題自体はそうね。けれど、私たちにとっては瀬古くんではないといけなかったの。ね、瀬古くん」

「……瀬古。どういうこと？」

日向に睨《にら》まれ、たじろぐ。おそらく夜咲が言っているのは「夜咲が俺以外の男と走るのを見たくはない」という独占欲にまみれた俺の発言のことだろう。それを日向に説明するのは恥ずかしいし、それに……何だか気が引ける。

「あ、あー……」

どうしたものかと悩みあぐねていると、

「れーんと！」

と背後から名前を呼ばれた。振り返ると、そこにはこの世で一番見慣れた顔があった。

「やってんねえ、あんた」

「母さん……」

「え、瀬古のお母さん!?」

驚愕《きょうがく》の声を上げる日向の方を見て、母さんは楽しそうに笑う。

「はじめまして、このバカ息子の母です。もしかしてあなたが日向ちゃん？」

「は、はい！　日向晴です。瀬古くんとは、その、普段から仲良くしてもらってて……」

「やっぱり！　ねえねえ、晴ちゃんって呼んでいいかしら」

「ぜ、ぜひ！　……あの、どうしてあたしのことを知ってくれてたんですか？」

「んー？　だって蓮兎《れんと》が家でよくあなたのことを話してるからねぇ」

また余計なことを言ってる。睨みを飛ばしてみるが、母さんはどこ吹く風だ。

「……そうなの？　瀬古」

「いや、まあ。いつも一緒にいるわけだから、その日あったこととか話してたら絶対登場するしさ」

「……えへへ。そうだよね。ずっと一緒にいるもんね」

「……ふーん、なるほどね」

母さんは俺と日向の会話を聞いて心得顔を浮かべると、今度は夜咲の方を向いた。

「久しぶりだね、美彩ちゃん。見ないうちにまた綺麗《きれい》になっちゃって」

「ふふ。ありがとうございます、お母様」

和やかに挨拶を交わす二人。俺の知る限り、会ったのは中学の時の三者面談の日以来だろう。

「……美彩は、瀬古のお母さんと前からお知り合いだったんだね」

「ええ。昨年、中学校で一度だけお会いしたことがあるの」

「へぇ、そうなんだ。……まだ一度だけ、か。それなら……」

日向がぼそぼそと呟《つぶや》く。その内容は上手《うま》く聞き取れなかった。

「そういえばさっきの借り物競走の写真撮ったんだけど、二人とも見る？」

「ぜひ」

「み、見たいです！」

母さんがこちら側に携帯の画面を向けると、二人はすごい勢いで食いつく。

「これが美彩ちゃんの時のやつ」

「ふふ。素敵な写真」

「で、これが晴ちゃんの」

「……えへへ」

三人で写真を堪能している中、俺は覗《のぞ》き込むこともできずに遠くから二人の背中を眺めていた。

「それじゃあ写真は蓮兎に送っておくから、後で受け取ってね」

「ありがとうございます」

「あ、ありがとうございます」

二人からお礼の言葉を受け取ると、満足したのか「それじゃ！」と去っていく母の後ろ姿を見届ける。あの人、一体何をしに来たんだ。息子《俺》とは会話らしい会話をせずに帰ってしまったぞ。

「本当に素敵なお母様ね」

「ノーコメントで」

「ふふ。もっとお話ししたかったわ。……そうだ。今度、瀬古くんのお家《うち》にお邪魔したいわ」

「え。いやいや、俺の家とか何もないし、それに母さんが何を口走るか分かったもんじゃないし……」

「瀬古くんのお部屋にも興味があるのだけれど……だめ、かしら」

「うっ」

そんな聞かれ方されると、断れなくなってしまう。

それでもまだわずかに残っている理性で抗っていると、服の裾を摘《つま》まれた。

「……あたしも行きたい。瀬古のお家。瀬古もあたしの家に来たんだし、いいよね」

日向が上目遣いで訊《たず》ねてくる。

「……分かったよ」

観念すると、二人の表情が輝いたように見えた。

嵐は過ぎ去ったと思ったのに。また吹き上がっている暴風に、俺は肩をすくめた。

◇

昼食を終え、俺たちはクラスの応援席に戻った。同様に昼食を済ませたクラスメイトが戻ってきており、既に八割近くがそこにいた。

「次は男女混合の二人三脚だったかしら」

「うん。男女混合といっても、あたしのパートナーは早川さんだけどね」

「走る速さを揃《そろ》えるってなったら、まあ同性同士になるよな」

といっても、日向と早川は男子顔負けのスピードなのだが。二人三脚はどうしても密着してしまう競技で……二人が同じクラスで良かったと、俺はどこか安堵《あんど》していた。

「大変大変！」

そろそろ入場の準備しないとなと話をしていると、応援席に駆け込むように姫宮がやってきた。

「早川っちが保健室に運ばれちゃった！」

「え⁉」

姫宮により知らされた事実に俺たちはどよめく。

「うちの二大エースの一人が……！」

「一体何があったんだ⁉」

「もしかして、怪我《けが》か⁉」

詰め寄ってくるクラスメイトに、姫宮は首を横に振る。

「怪我ではないんだけど、お腹《なか》が痛いみたい」

腹痛……まさか！

開会式の時に聞こえた会話——便通を良くする薬を盛って有力な選手を潰そうと悪だくみする内容を思い出す。

小田曰《いわ》くあれは実行する気のない揺さぶりだったはずだが、本当に実行したやつがいるのか。それもうちのクラスのやつに……！

「早川っち、食べすぎちゃったんだって。『午後の分のエネルギーを補給します！』って大きなお弁当何個も食べちゃって。結果、はち切れそうなくらいお腹ポンポンになって動けないってさ〜」

「……へ？」

姫宮から補足説明を受け、素っ頓狂な声を漏らしたのは俺だけではなかった。

握っていた拳を解く。なんというか、うん。そっかぁという感じだ。

今まで早川に頼っていたところもあるし、競技に出られなくて一番悔しがっているのは早川本人だろうことはクラスの全員が分かっている。だから早川を責め立てる者は誰一人現れなかった。むしろその空回り具合に噴き出す者もいた。

「ちょっとそこー。早川っちが悲しい目にあってるのに笑うなし。ってか、ほんわかしてる場合じゃないんだって。次の二人三脚、早川っちの代わりに誰が出るの？」

みんなが「あっ」と声を漏らす。

「そうだ、早川さんこの後の二人三脚に日向さんと出るんだった」

「誰が代わりに出るの？　わたしじゃ日向さんの速さについていけないよ」

再び動揺が走る中、一人の男が手を挙げた。

「ここはオレしかいねえだろ！」

自信満々に立候補した猿山《さるやま》は日向のそばに寄る。

「日向さんの五十メートルのタイムって七秒ちょいくらいでしょ？」

「う、うん」

「やっぱり！　ちょっと負けてるけど同じくらいだからさ、オレと一緒に走ろうぜ。な、いい提案だろ？」

先ほど俺が言ったように、二人三脚は二人の息を合わせる都合上、二人のスピードが同じくらいがいいとされている。二人の間で実力がかけ離れていると、片方の本来の実力を殺しかねないからだ。

だから猿山の提案は真っ当だった。勝利を手にするにはこれしかないと思える。それなのに、

「俺も立候補する。日向の二人三脚のパートナーに」

自分では実力不足だと自覚しながら、俺は手を挙げていた。

「瀬古くん……？」

隣から夜咲の声が聞こえた。彼女は今どういう表情をしているのだろうか。気になるが、今はそちらを見ることはできない。

「はあ？　瀬古、話聞いてたか？　なんでオレより遅いお前が出てくんだよ」

当然文句を言ってくる猿山。一応、俺も言い返す用に一つ理由を考えていた。

「たしかに俺は実力不足かもしれない。だけど、俺と走ることで日向が得られるメリットもあるんだ」

「メリットだぁ？　そんなのあるわけねえだろ」

「ある。二人三脚は互いの気遣いが必要な競技だ。だけど俺の場合、日向はその必要がなく全力を出すことができる。どうだ、立派なメリットだろ」

さっきの借り物競走で日向が拾ったお題から着想を得た言い訳。普段の俺たちのやり取

りを知っているからか、クラスメイトは「たしかに……」「瀬古なら引き摺って走ってもいいか」と納得の意を示してくれている。

「だ、だけどよぉ！　結局はオレと日向さんが息を合わせて走れば一番速いじゃねえか！　な、日向さん」

執念を見せる猿山が日向に同意を求める。

すると、さっきまで俯《うつむ》いてしまっていた彼女は顔を上げ、俺をまっすぐ見て言った。

「瀬古がいい」

紅潮した顔に潤んだ瞳を浮かべ、日向は俺の手を摑《つか》み駆け出す。

「いこ」

連れ出される形で入場門前へ向かう。後ろから困惑の声や引き留めようとする声が聞こえるが、日向は完全に無視して前へ進む。

入場門前に着いて選手交代を告げ、先生からバンドを受け取る。これで互いの足を結びつけるらしい。

入場してトラックの内側で待機し、その間にバンドを結ぶ。今まで練習をこなしてきた日向がやってくれ、俺の左足と日向の右足は一つになった。

実際に走ってみないと分からないところだが、やっぱり動きづらそうだなという感想を抱く。本当に代わりが俺でよかったのか、少し不安になってきた。

実際、日向はどう思っているのだろうか。どうして俺を選んでくれたのだろうか。

隣にいる日向の様子を窺《うかが》おうとしたその時、

「あたしね」

さっきから俺の腕に触れていた日向の肩。その重みが増した。

「本当はいやだったの、猿山くんと走るの。だけど足の速さ的に早川さんの代わりになるのって猿山くんかもって、勝つためならそうするしかないのかなって。でも……瀬古が手を挙げてくれたから。代わりに出るって言ってくれたから。あたし、我慢できなくなっちゃった」

腕にじんわりと熱が伝う。

「ねえ、瀬古」

こちらを振り向く日向。俺を見つめるその瞳にも、たしかな熱を感じる。

「どうして、立候補してくれたの?」

してくれた。彼女はそんな訊《き》き方をした。まるで、彼女の心情を察した俺が助けるために行動を起こしたかのように。

「俺は……」

このまま彼女の勘違いに乗っかって、それらしい理由を言えばいい。

そうすれば、自分の心の内と向き合う必要なんてないから。

今までもそうしてきた。蓋をし続けてきた。

だけど、今感じている心地よい熱に浮かされ、

「俺のために行動したんだ。俺が、嫌だったから。日向と一緒に走るのは俺がいいって思ったから……だから、立候補したんだ」

俺は、本音をこぼしてしまった。

「……そうだったんだ」

日向はそれだけ言って前を向く。だけど重みはまだあって。

「あたしね、勝負は諦めてないよ。瀬古となら勝てると思ったの」

「……え」

「あたしたちの番きたよ。いこ？」

戸惑いつつも、日向に促されてスタートラインの前に移動する。やはりというか、歩くだけでも難しい。周りを見てみると、他のペアはみんな肩に手を回し合っていた。

「瀬古も、して」

身長差があることもあって日向は俺の腰に手を回し、俺は日向の肩に手を回す。

手には腕の柔らかさが、そして脇腹にはもっと柔らかいものが当たる。やはり借り物競走の時とは密着度が段違いだ。

もし今、日向の隣にいるのが俺以外の男だったら。そんなことを考えて胸の鼓動が狂う。

「最初の足は結んでる方でいい？」

「え。あ、うん。日向に任せるよ」

そう答えると「ん、分かった」と短い返答が来て会話が終わる。本当に最低限の打ち合わせだ。何かもっと話し合っておくべきことはないだろうかと考えていると、

「あとね、瀬古」

ぎゅっ、と。日向の身体《からだ》の柔らかさを強烈に感じる。

「もっとあたしにくっついて。あたしを感じて。……瀬古にだったら、いいから」

彼女は囁《ささや》くように、そう言った。

「位置に着いて――」

ピストルの音が鳴った。打ち合わせ通り、俺は左足から前に出す。

次に右足、そして左足、また右足……ただそれを繰り返す。いつも走っている時のように。隣にいる彼女の息遣い、そして鼓動を感じながら。

先ほどまでの不安はどこかへ消え去り、俺たちの走るスピードはぐんぐんと上がっていく。

ゴールした時には、隣にいるのは日向だけになっていた。

ゴールラインを過ぎても勢いのまましばらく走る。やけに走りやすいと思ったら俺たちの足を結んでいたバンドが外れていた。だけどそれはゴールラインを越えたところに落ち

ており、審判役の先生もセーフと手で示してくれた。

「やったぞ日向！　俺たちが一着だ――」

勝利の喜びを共有すべくハイタッチしようと両手を挙げたその時、がら空きになった俺の胸に彼女は飛び込んできた。

「え……？」

困惑する中、日向は抱きしめる力を強めながら俺の胸に顔を押し付ける。

「やっぱり瀬古でよかった。瀬古じゃないとだめだった。瀬古と勝てて嬉《うれ》しい。瀬古、瀬古、瀬古……」

勝利を噛《か》み締める声が聞こえる。だけどその内容はなぜか俺の名前が多く出てきていて。

「おいそこ、早くよけてくれ。次の組が走れないだろ」

先生から注意を受けると、日向はすごい勢いで離れていった。腰の位置まで下がっていた手をゆっくりと下ろす。

その後、俺は彼女の顔を見ることができず、また応援席の方に目を向けるのも気が重く。何もない青空を見ることにして、残りの時間を過ごした。

二人三脚終了後、続くプログラムには復帰した早川も参加し、最後の学年混合のクラス対抗リレーでは二人が大活躍。

結果、僅差ではあるが、俺たちA組の優勝で体育祭は幕を閉じた。

第十一話　準備の裏で

体育祭が終わると校内の雰囲気はがらりと変わった。

お祭りを楽しむ賑やかさは変わらないけれど、体育祭と次に来る文化祭の間には大きな違いがあるように思える。

甘い空気。そのようなものが校内全体に漂っている気がした。

「夜咲《やざき》。壁用の段ボールってもう塗っちゃってもいい？」

放課後の教室。体育祭が終わったことで、約束通り準備を手伝ってくれている瀬古《せこ》くんがペンキの刷毛《はけ》を持って聞いてくる。

「ええ。お願いできるかしら」

「オッケー。そのために着替えたわけだし、任せてよ」

黒のペンキを段ボールに塗りたくる瀬古くん。その格好は汚れてもいいようにジャージ姿で。嫌でも体育祭の時を思い出させる。

体育祭では素敵な思い出もできた。けれど、一番鮮烈に記憶に残っているのは、二人三脚をしている二人の姿だった。

晴《はる》のパートナーである早川さんが体調不良で出られなくなり、その代役に猿山《さるやま》くんが立候補すると、対抗するように瀬古くんが手を挙げて。晴は理由も告げずに彼の手を取って行ってしまった。

二人で練習はしたこともないはずなのに、彼らの走る姿は綺麗《きれい》だった。まるでお互いがお互いを知り尽くしていて、また信頼し合っているような走りで。

お似合い。そんな言葉が頭に浮かんできて、胸に鋭い痛みが走った。

二人はそのまま乱れることなく快走を続け、ついには一着でゴール。

やっと終わった。そう思った時だった。

「……え」

晴が、瀬古くんに抱きついた。

一体何が起きたのか。それを理解する前に私の心は引き裂かれるような痛みに襲われ、上手《うま》く呼吸ができなくなった。

目を瞑《つぶ》り、胸に手を当ててゆっくりと息を整える。なんとか正常に息を吸えるようになった頃には二人三脚が終了していた。

「早川さんとずっと練習してきたから、間違えちゃった」

応援席に戻ってきて、クラスメイトに「さっきのは何⁉」と問い詰められた晴が述べた理由。「間違えた」と彼女は言ったけれど、その表情はとても満足げに見えた。

「これをこうして、こうです！　どうでしょうか！」

「わわ、すごい。早川さんって器用なんだね」

「早川、こう見えて六人きょうだいの長女なので！　チビたちの古着とかよく縫って直してるんです！」

「お姉さんなの⁉　あ、ごめん、驚いちゃって」

「大丈夫です、よく驚かれます！　でもどうしてなんでしょう？」

「あ、あはは」

晴は今、早川さんと一緒に遮光用のカーテンを拵《こしら》えてくれている。瀬古くんと同じ作業ではないことに安堵《あんど》する。けれど、心はずっと重たいまま。

この症状の治し方は一つしかない。私はそれをよく知っている。

「やーざきさん！」

鬱々とした気分になっていたところ、その真逆のテンションの女の子が突撃してきた。

「ちょっとこれ見てみてー」

姫宮《ひめみや》さんは勢いそのまま、私に自分の携帯の画面を向けてくる。

彼女のテンションについていけない。一体何を見せられるというのか——

「この子、マンチカンね。マンチカンの可愛《かわい》さはまさに言葉に尽くしがたい魅力があるの。他の猫種とは大きく異なる、この特徴的な体型。いつまでも庇護欲《ひごよく》を掻《か》き立てさせる愛らしい手足はもはや罪だわ。ふふ、頑張って手を伸ばして遊んでってアピールしてる。この子たちが人懐っこい性格をしてるって話は本当だったのね、可愛い……あ」

猫ちゃんの動画を見せられ、つい饒舌《じょうぜつ》に語ってしまった。口元を押さえ姫宮さんの様子を窺《うかが》うと、彼女は目をキラキラと輝かせていた。

「すんごー！　瀬古っちの言ってた通りだ。夜咲さんってホントに猫が好きなんだね〜」

感激したような反応を見せる姫宮さん。彼女の口から出てきた彼の名前に、私の体はピクッと反応する。

「瀬古くんが？」

「そそ。この前、小田《おだ》っちと話してるの聞いちゃったんだよねー。夜咲さんは猫の話になるとすっごく饒舌になるけど、それがまた普段とのギャップがあってグッとくるって熱弁してさ〜」

「それで真相が気になって、こうして私のもとに来たということね」

「ん、まあそれもあるんだけどー。うち、前から夜咲さんと話してみたいなーって思ってたんだー。でも夜咲さんってあの二人以外と連《つる》んでるところ見たことないし、もしかして大人数と関わるのを避けるタイプなのかなって。そしたらさ、うちみたいなやつに話しかけられるのめっちゃ迷惑じゃん？」

姫宮さんから自分の印象を聞いて「あぁやっぱり」と思う。やはり私は無意識のうちに壁を張ってしまっているのだと。

「でもね」

気分が完全に沈みかけていると、姫宮さんは人懐っこい笑みを浮かべ、

「昨日の体育祭で夜咲さん、瀬古っちを応援するためにめっちゃ大声出してたじゃん。あれ、うち的に超意外でさ。夜咲さんのイメージがガラッと変わったというか、もうこれ話してもいいっしょって思って。ホントは盗み聞きなんだけど今は一旦置いといて、ちょうど瀬古っちが良い情報くれてたから、いっちょ話しかけてみるかーって」

私の印象は大きく変わったと。そのきっかけに彼が関与しているのだと言った。

重たくなっていた胸が反転して軽くなり、彼から間接的に薬を投与された感覚を得る。

頬が緩んでしまいそう。その場で飛び跳ねてしまいそう。でもそれを他の人に見られるのは恥ずかしい。

「……んんっ」

舞い上がってしまっている感情をなんとか抑え、なんとか平静を装う。

「そういうことだったのね」

「そそ。ちなみにさっきの猫はうちの子だよー。めちゃくちゃ褒めてくれてマジ嬉しい！」

「姫宮さんの飼ってる猫ちゃんだったの？　そ、それなら、他にも写真とか動画もあるのかしら……？」

「もち！　なになに、夜咲さんまだ見たい感じー？」

「……見せてくれると、その、嬉しいわ」

「かわよ」

「え？」

「ちょーっと待ってねー。たっくさん写真あるんだけど、厳選したやつ見せるから！」

姫宮さんは快くお願いを聞いてくれ、厳選したという猫ちゃんのコレクション写真を見せてくれる。それはどれも可愛らしく、心に余裕ができたためか先ほどよりも楽しむことができた。

「そうだ。うち、夜咲さんに感謝したいことがあったんだ」

「私に感謝？」

「そそ。クラスの出し物決める時にさ、猿山がメイド喫茶を提案したことあったじゃん。んで、夜咲さんがボッコボコにして却下したやつ。あれめちゃくちゃスッキリした〜。絶対さ、猿山が見たいだけだったっしょ。うちらのメイド服姿はそんなに安くないっての。……うち、そういうのは特別な人にしか見せたくないし」

特別な人。その言葉を聞いて彼の顔が思い浮かぶ。

……私も。彼になら見られてもいいと思った。むしろ見て欲しい。彼がどのような反応をするのか、どのような言葉をくれるのか。……その姿の私にどのようなことをしようと思うのか、気になるから。

「ホントに夜咲さんマジナイスーって感じ。ってかこれから夜咲っちって呼んでもいい？」

「え、ええ。別に構わないわ」

「マジ？　うれし～。うち、気に入った人は〇〇っちって呼ぶって決めてんの。マイルールってやつ～」

「……さっき、瀬古くんのこともその呼び方をしていたと思うのだけれど」

「うん、瀬古っちも瀬古っちって呼んでるー。あと夜咲っちまわりだと日向《ひなた》っちと小田っちもだね～。てかうちのクラスだと喋《しゃべ》ったことある人はほとんどそう呼んでるかも！　うちのクラスっていい人ばかりだよね～」

あけすけに言う姫宮さん。その様子から、彼女にとって瀬古くんは特別ではないのだと分かり、ほっと胸を撫《な》で下ろす。

よかった。彼女とはせっかく仲良くなれそうなのに、遠ざけないといけないところだった。

だって、彼はいつも私のそばにいてくれるから。彼に近づかせるわけにはいかないから。

「っと、そろそろ準備の方戻んないとやばいよね。それじゃあ、夜咲っち。これから仲良くしてねー」

私が「こちらこそ、よろしくね」と返すと、姫宮さんはウインクをして仲間のもとへ戻っていった。

今起こったことをすぐに共有したくて、彼のいた場所に目を向ける。

「……あら？」

瀬古くんがいない。晴も、教室中を見渡してみるけれどその姿は見当たらない。

「どこに行ったの……？」

軽く握った手を胸に当てると、とくとくと脈打つのを感じる。いつもより速い。

二人共いなくなっているのは偶然、よね。二人でどこか行くところなんてないもの。

その可能性はないのだと自分に言い聞かせる。けれど鼓動は落ち着く気配を見せない。

無意識に体が教室の外に向かおうとしたその時、

「夜咲氏」

小田くんに声をかけられ、私は足を止める。

「衣装の件なのだが、我が部の部長に伺ったところ、夜咲氏と話をしたいと言われてな。お手数おかけするが、今から部室の方に来てくれないだろうか」

衣装の件……。すぐに思考を切り替え、何の話か理解した。

出し物の予算は学校から配られ、その額は決まっている。試算してみた結果、お化け役の衣装を揃《そろ》えようとすると予算が心許《こころもと》ないことが判明し、瀬古くんに相談してみたところ、心当たりがあると言ってくれて。その心当たりが、小田くんの所属する漫研部だった。

「……分かったわ」

彼のもとへ向かいたいけれど。今は他にやるべきことがあることを思い出した私は、そう返事をした。

◇◇◇

体育祭が終わり、本格的に文化祭の準備に取り掛かり始めた俺たち。

小田のように部活の方が忙しい人たちを除き、ほとんどのクラスメイトが作業に参加してくれている。それだけでも安堵するところだが、姫宮が夜咲に話しかけに行くのを見て、俺は頬が緩むのを感じた。

少しずつでも夜咲のことを知ってくれる人が増えたら嬉《うれ》しい。……本当は少し寂しいけど。独占欲なんてない方がいいんだ。

自分に言い聞かせるように思考を締め、作業を再開する。

刷毛《はけ》を使って段ボールを黒く染めるだけの作業。既にある色が別の色に上塗りされていく。とても単純で、そして、今の俺にはぴったりな気がした。

「なあ、うちの文化祭って後夜祭があるだろ。それにまつわる伝説、知ってるか？」

隣で作業をしている男子組の会話が耳に入る。その話の内容を俺は知っていた。

文化祭では外が暗くなってから後夜祭なるものが始まる。

グラウンドの中心ででっかいキャンプファイヤーを灯《とも》し、それを囲むようにして男女のペアがフォークダンスを踊るといった内容。だが、本題はそこではない。

後夜祭で一緒に踊った男女は永遠に結ばれる。そんな伝説があるらしいのだ。もちろんソースは小田だ。

正直なところ、俺はその伝説をあまり信じていない。たかが学校の一行事にそんな神秘的な効果があるとは思えないのだ。過去に参加したカップルの内、二割が今も続いていたら御の字レベルだろう。

だけど、参加すること自体には意義があると思う。

そのような噂《うわさ》があるイベントに誘う。それは公開告白のようで、そして『永遠』という点がプロポーズのようにも思える。まるで俺が今までしてきたことの上位互換だ。

「瀬古氏はどうするのだ？」

噂の話を聞いていた時に小田から受けた質問。あの時、俺はなんて答えたっけ。

ぼんやりと思考を巡らせながら作業を続け、段ボールを一枚塗り終える。

ふと顔を上げると、日向が立ち上がるところだった。

「ごめん早川さん。あたし、ちょっと休憩に行ってくるね」

「あ、はい！　……って、もう行っちゃいました」

足早に教室を出て行く日向を、早川は啞然《あぜん》とした様子で見送る。

『休憩』。日向の発言したその言葉が引っかかり、俺は刷毛を置いて立ち上がる。

教室を出て、階段の方に向かい、一階に降りて校舎を出る。

最近は十七時頃には日も暮れ始め、すっかり秋の気温になってきた。今日から制服も冬服に衣替えをした。

少し肌寒さを覚えながら、校舎に沿ってじめっとした方へ歩いていく。

そして、

「あ。……瀬古」

冷たい風が舞い込んでくる校舎裏。やっぱりそこに、日向はいた。

◇◇◇

体育祭が終わって、放課後の練習はなくなった。でも、今度は文化祭の準備をする必要があって。あたしたちの放課後の時間はまだ戻ってこない。

教室で作業をしながら、横目で瀬古のことを見る。黙々と準備を進める姿。あれも美彩のためなんだろうなと思うと胸が痛くなる。

本当は瀬古と一緒に作業したい。だけど、今の瀬古の隣には美彩がいないから。あたしが行くと周りに変に思われちゃう。

体育祭の時のように言い訳があればいいけど、早川さんの「早川と一緒にやりましょう！」というお誘いを断って彼のもとに行けるほど都合のいいものはなくて。あたしは、少し離れたところから誰にも気づかれないように彼を盗み見ることしかできない。

……やだ。もっと話したい。もっと近づきたい。もっと、触れ合いたい。

内から欲望が溢《あふ》れ出てくる。それに蓋をする術《すべ》を知らないあたしはおもむろに立ち上がり、

「休憩」

という言葉を残し、早川さんの反応を待たずに教室を出た。

廊下はそこまでじゃないけど、校舎の外は結構寒い。衣替えで今日からブレザーを着るようになってよかった。

……でも。もしかしたら、寒がってた方がいいかもしれない。あの時はそうだったから。

脱いでみようかな。そう思い、手を動かそうとしたその時、

「あ……」

来てくれるか不安だった。あれは体育祭の練習期間中に交わした約束だったから。文化祭の準備も忙しいし、体育祭が終わったら、あたしたちの恒例行事はなくなっちゃうんだって。そう思ってた。

「瀬古」

だけど、瀬古は来てくれた。教室にいる美彩を置いて、あたしのもとへ。

瀬古、瀬古、瀬古、瀬古、瀬古——

「……ん」

早く抱きしめて欲しくて。だけど溢れ出てしまいそうな想《おも》いに気づかれないよう顔を逸《そ》らしながら、両手を広げた。

いつもより速い、自分の心臓の音を聞く。そこに瀬古の足音が重なって、鼓動がもっと速く感じる。

今、抱きしめられたらおかしくなっちゃいそう。それなのに、あたしの身体は大好きな人に包まれることを期待していて。

瀬古の腕があたしの背中に回り、あたしたちの身体はぴったりとくっついた。

冷気に当てられて冷えてしまっていたあたしの身体があたためられていく。外側からも、そして内側からも。

昨日はあたしから抱きしめちゃったけど、やっぱり瀬古から抱きしめてもらうのが一番好き。

「あ」

頭上から瀬古の何かに気づいたような声が聞こえた。

「どうしたの？」

「あー……いや、日向の頭に糸屑《いとくず》が付いてるの見つけてさ」

「えっ⁉」

気づかなかった。多分、さっきまでやってた作業中に付いちゃったんだ。好きな人にそんな姿を見られたことが恥ずかしくて、急いで自分の頭を触る。だけどなかなか糸らしきものが取れない。

「……俺が取ろうか？」

瀬古がどこか躊躇《ためら》いがちに聞いてくる。

あたしは……静かに頷《うなず》いた。

「じゃあ、ちょっと頭触るな」

瀬古は丁寧に確認を取って、あたしの頭に優しく触れる。

その瞬間、あたしの頭の中がしゅわっと弾《はじ》けた気がした。

「よし、取れた」

そう言って、瀬古はあたしの頭から手を離してしまう。

……もっと、触っていて欲しかった。あわよくば頭を撫《な》でて欲しいなと思った。

だけどそれをあたしが口にすることはできず、代わりに瀬古の胸に頭を押し付けてやる。

瀬古がこうしてあたしと二人きりになってくれるのは、瀬古のしたいことをするという言い訳があるからだ。だから、あたしから「頭を撫でて」なんて言ったら不審がられちゃう。

たまに良い言い訳を思いついてしてもらってることもあるけど、今みたいに思いつかない時は我慢するしかない。

……でも、ついつい考えちゃう。あたしがしたいって言ったら、瀬古、してくれないかな。もっと強くぎゅってしてくれないかな。頭を撫でて、甘やかしてくれないかな。

あたしの唇に、キス、してくれないかな……って。

もっとすごいことはしてるのに、あたしたちはまだ一回もキスをしたことがない。いつでもしてくれていいのに、瀬古はしてくれない。まるで、何かを守るように。

……でも、キスなんてしちゃったら。彼の顔が目の前に来て、唇を塞がれて、酸素が不足した頭の中をすべて彼で埋め尽くされたりなんかしたら。解放された時、あたしの口から彼への気持ちが溢れ出てしまうかもしれない。それはちょっと……ううん、すごく、怖い。

最近は聞くのが辛《つら》いから耳を塞いじゃってるけど、瀬古は今も続けて毎朝美彩に想いをぶつけている。今もなお、美彩のことが好きなんだ。だからあたしの想いに応えてくれるはずがない。

幸い二人はまだ付き合っていないけど、この先どうなるかは分からない。それこそ今から一ヶ月もしないうちにやってくる文化祭はそういう雰囲気になりやすいと聞く。

また花火大会の時みたいな雰囲気になったら。美彩が瀬古の気持ちに応えたら。あたしと瀬古のこの関係は終わっちゃう。けど、それだけじゃない。……恋人同士になった二人の隣に居続けられる自信が、あたしにはない。そんなの辛すぎるから。

……でも、今はあたしの隣に瀬古がいてくれている。もっと一緒にいたい。終わりがあるのなら、今のうちにたくさん――

「今週の土曜、美彩は遊べないいんだってね」

「従妹《いとこ》が家に遊びに来るんだっけ」

「うん。……瀬古も何かある？」

「え？　いやまあ、今のところ特に用事はないけど」

「……あのね。その日、お母さんとお父さん、夜遅くまで帰ってこないの。だから……」

どんな顔をされるか怖くて、瀬古の胸に顔を押し付けて言う。

「うち、来てよ」

一瞬の静寂を置いて、誰かの心臓が飛び跳ねる音が聞こえた。

「……分かった」

瀬古が頷き、あたしは安堵《あんど》すると同時に嬉しくなる。

休日に二人きりで会うって、なんだか特別な気分になれる。だって、それはまるで――

「ご両親はいつ家を出るの？」

「え？　えっと、お昼からだよ」

「そっか。じゃあ、さ……それまで、外に出かけようよ」

デート、みたいだから。

「っ……！」

彼の体を強く抱きしめる。離したくない、と叫んで。離さないで、と訴える。

好き。好きだよ、瀬古。

伝えることのできない想いを、心の中で何度も繰り返す。

◇　◇　◇

昨日、日向と時間をずらして校舎裏から教室に戻ると、俺を探していたらしい夜咲に捕まった。

「明日の放課後、文化祭関係のことでお願いがあるの。付き合ってくれないかしら」

夜咲から文化祭のことでお願いされて断れるわけもなく、俺は内容も聞かずに快諾。そして今日の放課後を迎えた。

「行きましょう、瀬古くん」

SHRを終え、一部のクラスメイトが準備の続きに取り掛かる中、俺が夜咲に連れられて向かった先。そこは、小田の所属する漫研部の部室だった。

そういえば、出し物の衣装の件で夜咲から相談を受けたんだった。それでコスプレ衣装を所有しており、製作もしているという漫研部と交渉できないか、小田に聞いてみたんだ。

なるほど。交渉は上手《うま》くいったから、貸してもらえる衣装か何かを運ぶ手伝いに俺は駆り出されたわけだ。

「瀬古くん。申し訳ないのだけれど、少しここで待っていてくれないかしら」

「え？　俺も一緒に入っちゃダメなの？」

「……そ、それは少し早いと思うの」

顔を赤らめる夜咲にドキッとする。だけどその理由が分からないし、「早い」の意味も読めない。

「えっと、とりあえずここで待っておけばいいんだな」

「ええ。数分後に中から呼ぶから、そうしたら入ってきて欲しいわ」

何も要領を得ていないが「了解」と答え、夜咲の言う通りにすることに。

部室の扉を開けて中に入っていく夜咲の背中越しに中を覗《のぞ》くと、誰の姿も見当たらなかった。もしかして部員は不在なのだろうか。部の出し物の締め切りに追われていると小田から聞いていたのだが、一体どこへ。

部室棟の廊下に立ち、漫研部の部員の行方《ゆくえ》に思考を巡らせながら時を過ごす。それを知ったところでどうでもいいことなのだが、脳に別のことを考える暇を与えないようにするのにちょうどよかった。

そして、数分が経《た》った頃。

「瀬古くん」

中から名前を呼ばれ、鍵が開いた音がした。特に大きな物音はしなかったけど、準備が整ったらしい。

「入って大丈夫？」

「……ええ。入ってきて」

妙な間が気になったが、許可が下りたので扉に手を掛けゆっくりと開ける——

「……え」

「どう、かしら」

恥じらった様子の夜咲の姿は新鮮だった。だけど、彼女はそれ以上に衝撃的な格好をしていた。

黒や白をベースカラーにエプロンが付いたスタイルの制服。エプロンの下には、フリルやレースが飾られたドレスのようなデザインがなされていて。頭にはホワイトブリム、胸にはリボン、そして短いスカートから伸びる脚には白いソックスが履かされている。

夜咲の着ている衣装、それはまさしくメイド服だった。

思わず息を吞《の》む。

「……見てくれるのは嬉《うれ》しいのだけれど、何か言って欲しいわ」

「あっ、……めちゃくちゃ、似合ってる。白黒調の服装が夜咲の綺麗《きれい》な黒髪と調和していて美しいし、清楚《せいそ》で上品な雰囲気がマッチしていて夜咲の魅力を際立てているし、普段の服装と違って柔らかい感じがまた良くて。この世で一番メイド服が似合うんじゃないかって、思う」

彼女の姿を見た瞬間に頭の中に浮かび上がった言葉を一気に吐き出すと、夜咲は目を細めて笑ってくれた。その表情がまた彼女の魅力を抜群に引き出している。

……それでも、喉に引っかかってその続きの言葉は出てこなかった。

「ふふ。ありがとう、瀬古くん」

「いや、お礼を言うのはこっちというべきか……って、そろそろこの状況を説明してくれないか？　さっきから理解が追いついてないんだけど」

自分が混乱状態に陥ってることを主張すると、夜咲はくすくすと笑った。もしかしたら彼女のおちゃめなサプライズに見事にはめられたのかもしれない。

「ごめんなさい。黙っていたのは……別の理由もあるのだけれど、この格好をするって自分の口から言うのは……その、恥ずかしかったの」

夜咲はそう言って、服装を隠すように両手を前にやっていじらしい反応を見せる。普段の彼女の様子とかなりのギャップがあり、俺の心は簡単に懐柔されてしまう。

「わ、分かった。でも、そもそもなんでメイド服を？」

「漫研部の部長さんに提示された対価としての依頼。それがこれだったの」

依頼？　未《いま》だ理解できていない俺に、夜咲は説明を続ける。

「昨日、小田くんに紹介してもらって漫研部の部長さんに会ったの。私からのお願いは『出し物のお化け屋敷に使う衣装のレンタル、もしくは素材となる布の融通』。部長さんは部内で衣装製作をされている方に話を通してくれていたみたいで、快く引き受けてくれたわ。けれど、その対価として、して欲しいことがあると言って提示してきたのが──『私のメイド服姿』だったの」

「……部長さんはどうしてそんなことを？」

「彼女、作品づくりに詰まっているみたいなの。けれど描きたいテーマは決まっていて、それがメイドさんで。小田くんから話を聞いた時、発注者が私だと知って閃《ひらめ》いたそうなの。私のメイド服姿を見ればいいインスピレーションが湧いてくるに違いないって」

「……そういうこと、だったのか」

入学して間もなく彼女の美貌は校内中に知れ渡っていたから、校内で夜咲のことを知らない人はいない。そのため部長さんが彼女のことを知っているのもわけなく、創作が上手くいっていないことは聞いていたし、それに夜咲にメイド服が似合うということは実際に証明されたわけで。夜咲の話を聞いて、今までのこと全てが腑《ふ》に落ちた。

そして、俺の中に湧き上がっていた強い感情も小さくなっていく。

「ふふ。瀬古くんは部長さんの性別を知らなかったのかしら」

「いや、まあ。小田から話は聞いてたけど、あくまで活動の話が主だったし、小田と気が合いそうな人で良かったなとかしか思ってなかったし……」

「だから部長さんが私にこの服を着せようとしたと聞いて、怖い顔をしていたのね」

俺の顔をまっすぐ見つめる夜咲。その大きな瞳に吸い込まれそうになる。

「安心して、瀬古くん。部長さんは女子よ」

改めてその事実を告げられ、俺は胸を撫《な》で下ろす。おそらくそれは表情にも表れていて、夜咲はそれをじっと見ている。

「可愛《かわい》いわ、瀬古くん」

彼女はそう言って、嬉しそうに微笑《ほほえ》んだ。

恥ずかしい。好きな子に嫉妬心を見抜かれてしまって。挙げ句の果てには可愛いと言われてしまった。

それなのに、夜咲に好きなようにされているこの感じも悪くないと思っている。これが惚《ほ》れた弱みなのだろうか。

「て、てかさ、それなら部長さんがいないのはなんで？　現状、ここには俺と夜咲しかいないみたいだけど」

「部長さんが提示した条件は私のメイド服姿を見ること。もっと詳しく言えば、部長さんが私のメイド服姿を見ることなの。だから私は二つの条件を追加できないか交渉したのよ」

　夜咲は二本の指を立てて続ける。

「一つ、直接見るのではなく写真でよしとすること。資料にするのだから、むしろその方が好都合でしょと言ったら簡単に呑んでくれたわ。もう一つは、その写真を閲覧できるのは部長さん一人であること。他の人が見る必要はないでしょと言ったら仕方がないと言ってくれたわ。なんなら作品ができ次第削除してくれるとも。おそらく今後も私と繋《つな》がっておいた方が得と考えたのね。やり手だわ、彼女」

　どうやら俺の知らないところで夜咲の交渉術が炸裂《さくれつ》していたようだ。彼女曰《いわ》く、相手方もなかなかのものだったらしいが。

　しかし、この格好の夜咲が多くの人に見られるのを避けることができたと聞いて安心……なのだが、

「あの。俺、見ちゃってるんだけど」

　しかも生で。写真ではなく、生メイド夜咲をこの目で見てしまっている。なんなら同じ空気を吸っている。

「瀬古くんにはカメラマンをしてもらおうと思っていたの」

「カメラマン？」

「ええ。部長さんには写真を渡す約束をしたと言ったでしょう？　だから写真を撮らない

といけないのだけれど、私一人で撮るのは難しいから誰かに撮ってもらおうと思っていたの」

「それで、その光栄な役に俺が抜擢《ばってき》されたってこと？」

夜咲はこくりと頷《うなず》く。どうやら本当に俺が夜咲のメイド服姿を撮影するらしい。

クラスの出し物を決める時、夜咲はよく知らない人たちが大勢訪れる文化祭でメイド服なんて着たくないと言っていた。だから部長さんにも写真で妥協してもらったのだろう。

しかし、写真を自分で撮るのは難しいから誰かに撮ってもらう。ここまでは理解できた。

ではなぜ、そこでカメラマンに俺が選ばれたのだろうか。それこそ同性である日向が適任な気もするのだが。

「瀬古くん。私の写真、撮ってくれないかしら」

メイドになった夜咲に頼まれているのだ。この際、その辺りはどうでもいいだろう。

「任せてよ」

こうして、夜咲の独占撮影会が始まったのだった。

◇

「カメラって用意してるの？」

「ないわ。ある程度の画質が担保されていたらそれでいいみたいだから、携帯で撮るつもり。瀬古くん、携帯の充電は大丈夫かしら」

「全然余裕あるけど……え、俺ので撮るの？」

「ええ。だめだったかしら」

「いや、俺がってより、夜咲的にどうなのかなって。一時的にでも俺の携帯に写真が保存されるわけだし」

「……気にしなくて大丈夫よ。使い慣れたものの方がいいでしょ？」

「それはそうなんだけど……まあ、夜咲がいいって言うなら」

そんなやり取りがあって、俺はカメラアプリを起動した自分の携帯を構える。

まずは手始めにポーズなしで全体の姿を一枚撮る。撮影技術に自信はないのだが、素材が良すぎて最高に可愛い。というか表情がいい。

「どうかな」

本人にも確認してもらおうと撮った写真を見せる。

「そう、ね……」

夜咲は写真を一瞬だけ確認すると、チラッとこちらを見た。

「瀬古くん。私、メイドさんになりきることができているかしら」

「え？」

思いがけない質問に困惑の声が漏れる。

「えっと、メイド服を着てるんだからメイドになれてるのでは……？」

「違うわ、瀬古くん。私はメイド服を着ているだけ。メイドさんにはなれていないのよ」

「もしかして難しい話してる？」

「とても簡単なお話よ。例えば、瀬古くんがとあるプロ野球チームのユニフォームを着たとして、瀬古くんはそのチームの選手になれたと言えるかしら」

「いやまあ、それは無理な話かな。他の選手と同じユニフォームを着ているだけで、同じような実力があるわけでもないし」

「そういうこと。つまり、私は本当の意味でメイドさんになることができていないの。このままでは部長さんに十分なお返しができないわ」

ふむ。夜咲の言っていることはなんとなく理解できた。

そこまで本気で取り組む必要はあるのかという疑問はあるが、夜咲の真面目具合というか誠実さが現れているところだろう。部長さんからの依頼を適当にこなすつもりがないその姿勢はむしろ好感が持てる。

「なるほどね。でも、どうするの？　今からメイドになるための修業をするってわけじゃないよね？」

「ええ。……瀬古くんは『囚人』と『看守』に分けられた被験者が模擬刑務所でどのように振る舞うかを観察した実験を知っているかしら」

「んー、ごめん。分からないや」

「そう。それなら簡単に説明するのだけれど、人間は与えられた役割に基づいた行動をしてしまうという結果を示した実験なの。囚人役は囚人らしく、看守役は看守らしくね」

「へぇ」

「だからね、瀬古くん」

夜咲はすっと俺の手を取り、少し屈《かが》んで姿勢を低くして言う。

「私のご主人様になってくれないかしら」

一瞬、彼女が何を言っているのか分からなかった。

じっくりと時間をかけて脳が理解した頃、俺の口から「へ？」と間の抜けた声がこぼれる。

「先ほど話した実験が示すことから、瀬古くんがご主人様役を務めることでメイド役である私の振る舞いはよりメイドさんのものに近づくと思うの」

彼女の主張は筋が通っていた。だけど、そんな危険なごっこ遊びのようなことをしていいものだろうか――

「だめ、かしら」

「やろう」

俺が首を縦に振ると、夜咲はふんわりと笑みを浮かべた。

そうだ、何か間違ったことをしようとしているんじゃない。論理は夜咲が揃《そろ》えてくれたし、それに、これは夜咲のために俺ができることをするだけだ。夜咲が喜んでくれるならそれでいいじゃないか。

部室のものは自由に使っていいと言ってもらえてるとのことで、俺たちは部室内の小道具を使ってそれぞれの役を演じ始める。

「瀬古く……ご主人様。ここに座ってくれるかしら」

夜咲に促され、おそらく休憩スペースなのであろう部室の端にあるソファに腰掛ける。

「飲み物、入れるわね」

この部室はかなり物が揃っているみたいで、夜咲はお茶の粉末を入れた紙コップに電気ケトルのお湯を注いでくれる。和を感じるし道具にエレガントさが欠けるものの、メイドらしい行為に俺はカメラのシャッターを切る。今の俺は夜咲の主《あるじ》兼カメラマンだ。

お茶を淹《い》れると、夜咲はコップを運んできてくれる。その様子も写真に収めていく。

「はい、どうぞ」

「ありがとう」

お礼を言い、空いている方の手でコップを受け取る。コップからはもくもくと湯気が出ており、紙質故に伝わる熱も相当だ。元からケトルの中にあったお湯を入れてくれたように見えたが、あの電気ケトルに保温機能はなさそうだし、いつの間にお湯を沸かしたのだろうか。まるで、俺がこの部屋に入る前から用意されていたみたいだ。

「……飲まないの？」

眉尻を下げた夜咲が不安げに聞いてくる。

「あ、いや、飲むよ！　けど熱そうだからちょっと冷まそうかと思ってさ。実はちょっと猫舌なんだ」

慌てて答えると、夜咲は「そうだったのね」と安堵《あんど》の表情を浮かべた。

メイド服は仕事着にジャンル分けされる服装のため、その格好をしている今の夜咲はより仕事のできるクールなイメージを抱かせる。しかし、このように表情豊かな様子を見せられると可愛くて仕方がなくて、俺はまた写真を撮る。

「ご主人様」

胸がドクンと跳ねた。その呼び方は心臓に悪い。

「な、何？」

「私の不手際でご主人様の両手を塞いでしまったわ。だから……お手伝いをさせて欲しいの」

そう言って夜咲はその場にしゃがみ、横髪をかき上げ、ゆっくりと口を寄せて――

「ふー」

俺が持っているコップの中のお茶に向かって、息を吹きかけた。

夜咲の吐息によって液面は揺れ、湯気は俺の方に向かってくる。

「ふー……。ふー……。ふー……」

俺の眼下で唇をわずかに尖《とが》らせ、俺の手元に息を吹きかけ続ける夜咲。肺活量がないのかどこか必死な姿は何か搔《か》き立てられるものがあって。衝動的に撮影ボタンを押す。

しばらくその様子を眺め、明らかに湯気が少なくなってきた頃、

「どう、かしら」

やや目を潤わせ息を切らした夜咲に問われ、俺はコップを口元に近づける。

「うん、美味《おい》しいよ」

適温だからなのか、淹れ方が良かったのか、それとも別の理由だからか。俺が今までに飲んできたどのお茶よりも美味しかった。

「そう。よかったわ」

夜咲が嬉《うれ》しそうに破顔する。その表情を一枚収めてからも俺はお茶を飲み続け、気づけば完飲してしまっていた。

……もっと欲しい。コップ一杯分飲んだはずなのに。喉が、体が、お茶を求めている。

「ご主人様」

空になったコップを眺めていると、声がかかったので顔を上げる。

夜咲は前で手を組んだまま俺のことをじっと見つめていた。俺のことを呼んだにもかかわらず、動く気配を見せない。

まるで、俺の言葉を待っているように。

……そうだ。夜咲にお願いしておかわりを淹れてもらえばいいんだ。

何も遠慮することなんてない。だって、今の夜咲はメイドで、俺はその主人なのだから。

「もう一杯、お願いできるかな」

そう言ってコップを突き出すと、夜咲は相好を崩して頷き、コップを受け取り淹れ直してくれる。

「はい、おかわりよ」

戻ってきた夜咲が手に持つコップからは再び湯気が立ちのぼっていて、まだ熱そうだなという感想を抱く。

それと同時に、さっきみたいに冷ましてもらったらいいじゃないかという発想が浮かんだ。

「夜咲」

「どうしたの、ご主人様」

「……また、冷ましてよ」

少し躊躇《ためら》いの残ったお願い。夜咲は嫌な顔をせず、むしろ嬉しそうにそれを聞き届け……

「ふー……。ふー……。ふー……」

また、息を吹きかけて温度を調整してくれる。

夜咲の吐息によって揺らいだ液面から上がる湯気は次第になくなっていき、

「どうかしら」

コップを受け取ってお茶を口に含むと、口内にうまみが広がった。

「美味しいよ」

短い感想を述べて、すぐに口をお茶で塞いでしまう。ずっと飲んでいたい。そんな衝動に駆られる。

無心に味を堪能していると、あっという間に空になってしまった。

……まだ、足りない。

「もう一杯、いいかな」

「分かったわ」

再びお願いして新しくお茶を淹れてもらう。相変わらず淹れたては熱そうだ。

「冷ましてくれるかな」

「ええ」

お願いをして夜咲の吐息によって温度を馴《な》らされたお茶を啜《すす》る。やはり美味しすぎてすぐになくなってしまう。

「もう一杯淹れて」

「はい」

「冷まして」

「かしこまりました」

さらに四度目、五度目と……何度もおかわりを頼んでは冷ましてもらい、それを一瞬で飲み干すことを繰り返す。止まらない。俺のメイドの淹れてくれるお茶が美味《うま》すぎるのだ。温度がちょうどよくて飲みやすいのは明らかだ。しかし、どれだけ飲んでも美味しさの秘訣《ひけつ》は分からない。ただ、今飲んでいる一杯は初めから湯気が出ていなかったように思えたが、してもらわないと物足りない気がして、息を吹きかけてもらった。

そのおかげかは分からないが、やはり味は格別だ。

「おかわり」

「はい。すぐに淹れてきます」

空になったコップを受け取り、お茶粉や電気ケトルのある方へ向かう夜咲。お茶粉の入った袋を手にすると動きを止め、眉を下げた顔を振り向かせる。

「申し訳ございません、ご主人様。お茶の方が切れてしまいました」

「……そっか」

落胆したのが目に見えて分かったのか、「新しく買ってきましょうか」と提案されたが断った。よくよく確認するとお腹《なか》が水分でタポタポだし、それに、今の姿の夜咲を外に出したくない。

だけど、口は求めていた。甘美なあれを。もっとよこせと。

「あの、ご主人様」

声をかけられ顔を上げると、夜咲の手には一つの小さな箱があった。

「こちらもご用意していたのですが、いかがでしょうか」

そう言って箱を開け中身を見せてくる。中に入っていたのは大きなシュークリームだった。

「もしかして、うちの購買で噂《うわさ》のやつ？」

校内に蔓延《はびこ》るいくつかの噂のひとつ、それが購買のシュークリームだ。なんでも一般発売はされていないらしく、その希少性からして価値はありそうなのだが、中に詰まっている大量のクリームがくどすぎない程度に甘く美味しく絶品だと聞く。

どうして噂と形容されるのか。それはその入手の難しさが原因らしいが。

俺の質問に、夜咲は首肯する。

「ご主人様のために、ご用意いたしました」

答えて、夜咲は目を細めて笑う。その献身さを感じさせる魅力的な笑顔を前に、瑣末《さまつ》な疑問は霧散した。

「ありがとう、もらうよ」

素直に施しを享受することにした俺は、改めて箱の中を見つめる。そこにあるのは中がぎっしり詰まっていることが分かる大きなシュークリームが一つ。

噂されるほどだ、きっと美味しい一品なのだろう。

だけど、先ほどのお茶のような官能的な味わいはない。俺が今欲しいものはそれなのに。

……お願い、してみようか。もっと美味しくなるための何かを。彼女による魔法を。

今の夜咲はメイドで、俺はその主人だ。メイドは主人に絶対服従で、俺の自由に操ることができる。

だから、俺の望むことをしても何もおかしくない。

「夜咲」

「何でしょうか、ご主人様」

「……そのシュークリームを、夜咲の手で俺に食べさせて」

俺がそうお願いをすると、夜咲は一瞬身体をピクッと震わせ、恍惚とした表情を浮かべて「はい」と返事をした。

「どうぞ。……あーん」

夜咲はシュークリームを手にして、俺の口元へと持ってくる。

近くで見るとシュークリームはたしかなサイズをしており、俺は口を大きく開いて食べる。

……うん。少々食べづらいが、噂通り美味しい。

だけどこの味は、もしかしたら俺だけしか味わえないものかもしれない。

「お味はいかがでしょうか」

「すごく美味しいよ」

「ふふ。それはなによりです」

夜咲は喜びに満ちた微笑《ほほえ》みを浮かべた。俺が美味しいものを食べていることに幸せを感じているように見える。

そういえば、夜咲はこのシュークリームを食べたことはあるのだろうか。今まで昼休憩は毎日一緒にいたが、食べるのは弁当だけで、彼女が購買に行ったところを見たことはない。

彼女はスイーツ類が嫌いなんてことはなく、むしろ好きな方だろう。ケーキバイキングに行った時の様子から分かる。

彼女ともこの味を共有したい。そんな思いが湧き上がる。

「……あ」

夜咲は俺の顔、正しく言うと口元で視線を止めて、何かに気づいたかのような声を漏らした。

「どうした？」

「その……ご主人様のお口の横に、クリームが付いております」

「え」

気がつかなかった。さすがクリームたっぷり。あれだけ口を開いたのに付いてしまうとは。

すぐに取ろうと空いている方の手を動かす。

その瞬間、彼女と、視線が交錯した。

熱を帯びた瞳は何かを伝えようとしているようで。その内容は分からない。だけど、俺の体は自然に動く。

「夜咲が取って」

上がりかけた腕を下ろして、俺は彼女に、命令を下した。

「……はい」

返ってきたのは熱い吐息の混じった声だった。きっとそれは、何かを冷ますことはできない。

彼女は長くて細い指を俺の顔に近づけ、そっとクリームを拭き取った。使われているクリームはミルクをふんだんに使っているのだろう。彼女の指先には乳白色のクリームが乗っかっている。

彼女はそれをじっと見て……また、こちらに視線を向けて固まった。次はどうしたらいいの？　と、俺の命令を待っている。俺の命令を欲しがっている。

「食べて、夜咲」

口をついて出た命令。色んな欲望が混ざった命令。

それを夜咲は恍惚《こうこつ》とした表情で受け止め……自分の指先を、口に含んだ。

「ん……美味《おい》しい」

綺麗《きれい》になった彼女の指先がキラリと光り、いつもはキリッとした印象を与える目はトロンとしている。

この時、俺たちの中の何かも溶けてしまっているような気がした。

「食べさせて」

「かしこまりました。……あーん」

「食べて」

「はい。……ん」

夜咲の手でシュークリームを食べさせてもらい、俺の口元についたクリームを夜咲の指で取ってそのまま食べてもらう。ただただそれを繰り返す。

甘い。口内だけじゃない。この空間を占める空気が甘ったるくなっている。

シュークリームが残りわずかになってもうちのメイドは不器用みたいで、絶えず俺の顔にクリームをつける。だけど俺の顔は綺麗なままだ。

食べるのも、食べてもらうのも、甘くて、美味しい。

「………あ」

だけどシュークリームは有限だ。必ず終わりが来る。

「なくなって、しまいました」

最後の一口まで食べさせるのが不器用だったメイドは、落胆したような声をこぼして空になった手のひらを見つめる。

もっと食べたかった。もっと食べてもらいたかった。だけどもうここにはない。

残念な気持ちになっていると——メイドは目の前に座り込み、俺の手を取った。

「ご主人様」

上目遣いで、縋《すが》るような目で見つめてくる。

「私は今、あなたのメイドです」

熱に浮かされたような顔が近づいてきて、

「あなたのご命令であれば、何でも従います」

彼女の言葉と吐息が耳朶《じだ》を震わせる。

「だから──あなたがずっと望む願いを、私に教えてください」

俺がずっと望む願い。目の前の少女に実現してもらいたいこと。目の前の少女と叶《かな》えたいこと。

そんなの──

「っ！」

右手で持って構えたままだった携帯が震えた。

反射的に画面に視線を移すと……そこには通知が表示されていて、とある少女の名前が目に入る。

『どこ？』

その名前と届いたメッセージの内容を見て、急激に頭が冷えていくのを感じた。

「……ご主人様？」

眉尻を下げ、可愛《かわい》らしく首を傾《かし》げるメイド……いや、夜咲の姿を一枚撮って聞く。

「メイドらしい夜咲の姿、これで十分撮ることができたと思うんだけど、どうかな」

それは、メイドの主人としての言葉ではなく、瀬古蓮兎《れんと》としての言葉だった。

「……そう、ね」

目の前の少女の雰囲気が変わる。

「かなり時間も経《た》っているみたいだから……この辺で、終わりにしましょうか」

落ち込んだトーンではあるが、夜咲からもＯＫをいただいたということで、これにて撮影会は終了となった。

「よかった。夜咲は今から着替えるよね？　俺、先に戻っとくよ」

我に返った今、先ほどまで自分たちがしていたことを思い出して気まずくなった俺はすぐに部屋を出ようとする。

それに、行かないといけないところがあるから。

「待って、瀬古くん」

扉に手をかけたところで夜咲に呼び止められる。振り向くと、夜咲は自分の携帯を手に持っていた。

「さっき撮った写真、部長さんに転送するから私の携帯に送ってくれないかしら」

「あ、そうだった。分かった。全部送ればいい？」

「一枚で大丈夫よ。……一枚、瀬古くんがいいと思ったものを選んで送って欲しいの」

「え、俺が？」

聞き返すと夜咲はこくりとだけ頷《うなず》き、じっと俺の行動を待つ姿勢に入る。

ギャラリーを確認するとそこには大量のメイド服姿の夜咲の写真があって、後ろになればなるほど熱のこもったものになっていた。

俺が今から選ぶ写真は、漫研部の部長さんに見せるものだ。部長さんはインスピレーシヨンの湧く写真を求めていて、夜咲はそれに応えようとあんな提案をして、実行した。

……でも、夜咲は言った。俺がいいと思ったものを選んでと。

だったら——

「あ、届いたみたい」

俺の送った写真を、夜咲はすぐさま自身の携帯で確認する。

「……ふふ」

夜咲は画面に向かって笑みを漏らし、顔を上げて微笑みかけてくれる。

「ありがとう、瀬古くん。この写真を部長さんに送っておくわね」

どこか嬉《うれ》しそうな夜咲の反応に安堵《あんど》する。とにもかくにも、これで俺はカメラマンとしての役目を全《まっと》うできたらしい。

……だけど、それはつまり大義名分を失ってしまったこととなる。名残惜しいが、写真は全て消しておかなければいけない。夜咲のためだ。

開いていたギャラリーをそのまま操作し、データの削除を行おうとしたその時、

「それと、今日撮った写真なのだけれど」

イタズラめいていて、だけど懇望するようで、そして蠱惑的《こわくてき》な笑みを浮かべて言った。

「すべて、瀬古くんの自由にしていいから」

◇

俺たちが準備に参加してから三週間ほどが経った。

「ついに！　ついに、できましたー！」

文化祭の前日。完全に様変わりした教室に、早川が旧校舎の廊下に声を響き渡らせる。

「完成するとテンション上がるなー！」

「いや……クオリティ、エグすぎだろ」

「小道具とかパーツを作ってる時は気づかなかったけど、こりゃややべえや！」

早川に続いて騒ぎ出すクラスメイトたち。その中心には、夜咲がいた。

「夜咲っち、マジすごくね⁉　これうちらが作ったって信じらんないんだけど！」

「ふふ。正真正銘、私たちが作ったのよ」

「早川も感激してます！　見てください、早川の縫ったカーテンが見事に遮光してます！」

「そうだね～早川っちはすごいね～」

「恐怖を煽《あお》るには暗闇が必要だったから、早川さんがカーテンを仕上げてくれて本当に助かったわ」

「光栄です！　でも全体的なことを言えば、夜咲さんの緻密な計画があったからこその出来だと早川は思います！」

「マジそれ！　資材の調達も作業の指示も全てやってくれてちょー助かったし！　夜咲っちがうちらのリーダーでよかった〜」

「……ふふ。ありがとう、姫宮さん、早川さん」

微笑《ほほえ》む夜咲。それを見て、姫宮と早川はさらに騒ぎ立てる。

個人的には、この時点で文化祭は大成功だ。だけど本番は明日。

……明日の締めをどうするか、そろそろ決めないといけないな。

「そういえば小田、部活の方はどうなんだ？　途中からこっちを手伝ってくれてたから、小田のは間に合ったって知ってるけどさ」

「うむ、瀬古氏が気にしているのは部長のことだな。ギリギリではあったが、つい先日完成したよ。先に見せてもらったが、あれは素晴らしいものだった。よほど良い刺激を受けたのだろうな」

「そっか。それはよかったよ」

例の交渉の場にいた小田は、夜咲のメイド服姿が交渉材料になったことを知っていた。それを俺に教えてくれなかったのは、夜咲から口止めされていたからだと後日謝罪された。

どうして夜咲が俺に内緒にしていたのか。それは分からないし、聞けない。あの時のことを掘り返すと写真をどうしたのか逆に聞かれると困るから。

……結局、俺は例の写真を一枚も消すことができていない。部長さんに渡すように選んだ、一番最初に撮影した写真も、それ以外の写真も全て、今も俺の携帯のメモリーに保存されている。

「実はその件で衣装を作っている氏がひどく感銘を受けていてだな。やはり衣装は誰かに着てもらってこそ真価を発揮することに気づいたそうで、部活の出し物に急遽《きゅうきょ》コスプレの試着会をしようと提案されたのだ」

「試着会って、来場者に着てもらうってこと？」

「うむ。最近はコスプレサービスのあるプリクラもあるであろう？　あのように仕切りを立ててプライベートな空間を作り、そこでコスプレした姿を撮影してもらおうという企画だ」

「は、はは」

身に覚えのある内容に乾いた笑いが出る。

「だが更衣室の問題が浮上してだな、時期も遅かったため部屋の確保ができず却下されたよ」

「それは残念だったな」

適当に返事をしながら、あの時のことを思い出す。あれはあまり気軽にやっていいものではない。いや、俺たちのやり方が間違っていただけかもしれないが……

「ねえ。二人でなんの話してるの？」

近くにやってきた日向に声をかけられ、心臓が跳ねる。思い返していた記憶を読まれることはないだろうが、悟られていないかどうしても不安になってしまう。

日向の質問には小田が答えた。夜咲の件は伏せて、自作したコスプレの衣装を誰かに着てもらいたい部員が出し物に試着会を提案したが却下された、と説明する。

「コ、コスプレかぁ。うちの出し物の衣装もオタくんの部から貸してもらってるみたいだけど、他にも色々あるの？」

「うむ。基本的には作品に登場する服だが、一般的なものも多く揃《そろ》えられておる」

おそらく、ここでいう一般的は世の中の一般とは異なるんだろうな。

「す、すごいね。……コスプレ、やっぱり瀬古は興味あるの？」

「やっぱりってなんだよ。いやまあ、興味ないってことはないけど……」

「……ふぅん。そうなんだ」

聞いてきたにもかかわらず、日向はそれだけ言うと話を終えた。

それからは情報通の小田から他クラスや各部活の出し物について聞いていたところ、姫宮たちに囲まれていたはずの夜咲がやって来た。

「三人集まって何のお話をしているのかしら」

「他がどんな出し物をするのかオタくんから聞いてたんだよ。美彩は、姫宮さんたちとのお話は終わったの？」

「キリのいいところで抜けさせてもらったわ。彼女たちとお話するのも楽しいのだけれど……」

夜咲は俺の右隣に立ち、安らいだ表情を浮かべる。そして、

「やっぱり、私の居場所はここみたい」

呟《つぶや》くようにそう言って、夜咲は体を寄せてきた。

それからしばらく四人で雑談しているうちに、お化け屋敷のテストプレイをするという流れに。そのお客役に、クラスメイトからの熱いコールによって夜咲が抜擢《ばってき》された。

「ふふ、指名されちゃったわ。……瀬古くん、一緒に行きましょ？」

「え、俺も⁉」

「ええ。だめ、かしら」

少し首を傾けて聞いてくる夜咲。もちろん断れるわけがなく、俺は承諾する。

「あ、あたしも行く。瀬古と美彩を二人きりにはできないし……」

「大丈夫よ晴。クラスのみんなもいるのだから」

「で、でも中は真っ暗だしさ！　……あたしも、一緒にお化け屋敷行きたいもん」

日向も行きたいと言うのであれば拒否することもできず、夜咲は日向の参加を認めてテストプレイは三人で行うことになった。

「せ、瀬古はビビって恥かかないようにね」

左から俺を挑発する日向の声が。いつもより距離が近く、震えているのが分かる。

「ふふ。瀬古くんはお化け屋敷平気よね」

右から余裕を感じられる夜咲の声が。どこか楽しげで、そして嬉しそうに言う。

「瀬古氏……ご武運を祈る」

後方から俺を見送る小田の声が。いや待って、なんでそんなガチトーンなの。

もしかしたら俺たちは本当に呪われた屋敷を作ってしまったのだろうか。自作のお化け屋敷を前に、俺は背中に冷たいものが走るのを感じた。

第十二話　心浮つく文化祭

今日は土曜日。普段は終日私服で過ごす日だが、今日に限っては制服を着て学校へと向かっている。

帰宅部である俺が土曜日に登校するなんて模試のある日くらいだが、学校へ向かう足取りは軽い。

なぜなら、そう、本日は我が校の文化祭当日なのだ。

夜咲《やざき》のおかげで出し物の準備は万端。来てくれた方を必ず満足させるものができたと胸を張って言える。

昨日のテストプレイも……うん、特に問題はなかった。あえて感想を述べるなら、カップルで来るのを強くおすすめするものになっていた。

装飾された校門をくぐって校舎に入ると賑《にぎ》やかな空気に包まれていることに気づいた。

教室の前まで着くと中はいつもより騒がしく、今日は祭りなのだと肌で感じる。

「あ。瀬古《せこ》っち、おはよ～」

「おはよう」

教室の中に入ると、扉の近くにいた姫宮《ひめみや》に声をかけられた。下は制服のスカートだが、上は姫宮がデザインしたクラスTシャツを着ている。

「にひひ～」

俺のことを見ながらニヤニヤする姫宮。一体なんなんだと訝《いぶか》しんでいると、

「おはよう、瀬古くん」

凛《りん》とした声。夜咲に挨拶されたのだとすぐに分かり振り向く。

「え」

思わず声が出た。格好は姫宮と同様、クラスTシャツに制服のスカート。夜咲が着るとブランドもののように見えるなという感想を抱くが、俺が驚いたのはそこではない。

「おはよう、夜咲。……もしかしてだけど、化粧してる？」

そう訊《たず》ねると、夜咲は顔を綻ばせて笑う。

「ふふ。ええ、そうなの。……どうかしら」

「綺麗《きれい》だ。いつにも増して、すごく。控えめなのがまた夜咲の魅力を引き出していて……最高に可愛《かわい》い」

聞かれてペラペラと感想を口にしてしまう。しかし、そこで言葉は止まった。

夜咲は一瞬だけ俯《うつむ》き、すぐに顔を上げる。頬の赤みが増している気がした。

「嬉《うれ》しいわ。実はさっき姫宮さんにお願いして、メイクしてもらったの」

なるほど、と胸中で納得する。うちの高校は髪染めOKなだけあって化粧も自由だ。そ

のため姫宮はいつも化粧をしており、その腕を買われてお化け役のメイクも担当している。

「彼女、とても上手《じょうず》だわ。技術だけではなくて場面に合った選択ができる知識もあるみたい。今日の彼女のメイク、いつもより華やかでしょ？」

確認するために改めて姫宮を見る。……しかし、全然分からない。元から化粧していたよなという記憶しかないので、違いなんて分かるはずがない。

こりゃお手上げだなと諦めていると、

「せ、瀬古！」

夜咲を守るガーディアンこと日向《ひなた》がやって来た。日向も例に漏れずクラスTシャツに着替えている。ただ、化粧はしていないみたいだ。

「今日も懲りずに美彩《みさ》に……うぅ。なんでそんなにあたしの顔見てくるの……？」

「あっ。ごめん」

ついまじまじと見てしまっていた。怒られても仕方がない。というか、日向には怒られるようなことばかりしている気がする。

それから二人と少しだけ話した後、自分の席に着いてほとんど中身のないバッグを置いて上着とワイシャツを脱ぐ。実は中にクラスTシャツを着ていたためこれで着替えは完了だ。

「おはよう、瀬古氏」

「おはよう。あ、そうだ。タイミング見て漫研部の方に行こうと思ってるんだけど、小田《おだ》がいる時間帯っていつ？」

「午前中は瀬古氏と同様クラスの方の仕事を全《まっと》うするが、午後は基本的に漫研部の方におるぞ。それ故、瀬古氏の都合のよい時に来てもらえれば」

「オッケー。そういえば真庭《まにわ》も来るんだっけ」

「うむ。ただ午前にある予定がいつ終わるか分からないらしく、こちらに到着する時間は未定らしい」

「そっか。タイミング合えばいいんだけどなぁ」

真庭とは別の高校になってしまったが、こうして文化祭で擬似的にでも同じ校舎で過ごせるのもいいだろうなと思いを馳《は》せる。

かくして、各人が胸を膨らませる文化祭が始まった。

◇

「お次の……えっと、二名様ですね。お待たせしました、中にどうぞー」

「無事帰ってこれるよう祈ってます」

隣で来場者をお化け屋敷の中へと案内する際、俺はプロから学んだ定型文《キラーフレーズ》を口にする。

来場者の纏《まと》う緊張感が増す感じ、やはり効果はあるらしい。

……それにしても、

「すごいな、行列」

「うん」

目の前にできた長蛇の列を見て、教室の前で横並びになって椅子に座り、一緒に受付係をしている日向と感想を共有する。

今のところ、オープンしてから列が途切れたことはない。なんならオープン直後から列ができ始めていた。

お化け屋敷のクオリティが高校の文化祭の出し物としては規格外なのは確かだが、体育祭で優勝できたおかげで獲得できた優れた立地もこの行列に大きく貢献していそうだ。

中の人たちはさぞかし大変だろう。もしかしたら終了後には本当にお化けみたいな顔つきになっているかもしれない。

あまり体力を使わないという点で言えば、この受付係は楽だ。しかし、列に並んでいる人たちの「まだ？」という視線が常に刺さるため、なかなかに精神を摩耗する。

中で驚かす役をやるよりは自由が利いて、全体監督をしている夜咲をサポートできるだろうとこの係を選んだのだが、こうも拘束されるとは誤算だった。

ちなみに俺が受付係に立候補した後、日向も「驚かす役はやりたくない」と言って手を挙げ、夜咲が組んだシフトによってこうして二人で一緒に仕事をこなしている。

「早川《はやかわ》さんが看板持って校内を駆け回ってるみたいだし、その効果もあるのかな」

「かもしれないな」

オープンしてからまだ一時間も経《た》っていないが、早川は既に五回も目の前を通り過ぎている。もはや速すぎて看板の文字が読まれているか怪しいところだ。

「でも、やっぱり立地が大きいんじゃないか？　校舎に入ってすぐの場所だから絶対に目に付くし。これも体育祭で優勝できたおかげ、もっと言えば日向が無双してくれたおかげだな」

「……そう、かな。えへへ。で、でも、あたしだけじゃないよ。早川さんも大活躍だったし、他のクラスのみんなも、……瀬古も。あたしたち、二人三脚で一番だったんだから」

日向のはにかむ笑顔を見て心臓が高鳴るのを感じた俺はすぐに正面に向き直り、あの時のことを思い出す。

日向と並んで走るのは気持ちが良かった。順調に走れたからとか、一位になれたからとか、きっとそういう理由ではない。

走る前、彼女が早川の代わりに誰と走るかを決めた時……

「でもあれだけ活躍したら、さすがに陸上部から声がかかったんじゃないか？」

思考の流れを断ち切るように、わざと話題をずらす。

「あ……うん。たくさん誘われちゃった。早川さんは今も隙を見ては誘ってくるよ」

「まあ早川は日向にご執心みたいだしな」

それでも日向は陸上部に復帰していない。春頃、彼女は他にやりたいことがあるから陸上部に入らなかったと教えてくれたが、俺は未《いま》だにそれが何か知らない。

「ねえ、瀬古」

名前を呼ばれる。耳がピクッと反応したが、正面を向いたまま「何？」と返す。

すると隣から一つ、呼吸をする音が聞こえ、

「瀬古はまだ、誘ってないの？」

そんな質問を投げかけられた。

「誘うって、俺は部活には……あっ」

初めはその意味が摑《つか》めなかったが、返事をする途中で察する。

「……まだ、誘ってないよ」

「……そうなんだ」

「日向こそどうなんだよ。その、誰かに誘われたりとか……」

「あ、あたし？　……誘われてないよ、誰からも」

「……そっか」

その返答を聞いて、俺は……ほっとしてしまった。

安堵《あんど》している自分に驚いたりなんかしない。俺はこの感情を知っているから。

だけど、表に出すことはできない。

中から一組出てきて、次のお客を中に案内する。この作業がちょうど話題の転換点となってくれた。

「この後、三人で回るの楽しみだな」

「……うん。オタくんから出店の情報は手に入れてるし。あと……あたし、漫研部の展示にも行ってみようかなって」

「あ、あー……」

おそらく日向も俺と同様、小田作のトルパニの同人誌が目的なのだろう。

日向は世にも珍しいトルパニの女子読者だ。小田にもそのことを共有している。だから日向が同人誌の存在を知っていてもおかしくない。

自分の中で緊張が走る。だって、その一部には俺も携わっていて、その一部というのが
――

「あたしね、フウちゃんが好きなの」

心臓が、大きく跳ねた。

「いろいろ共感できるところがあって、自分に重ねちゃって……あ、あはは。でも全然似てないよね。あたし、フウちゃんみたいに可愛くなんてないし――」

「似てるよ」

「え」

「日向はフウに似てる。俺たちのムードメーカーなところも、気の利くところも、髪型も。……俺はずっと前から、そう思ってた」

誰にも言うつもりがなかったのに。彼女にだけは隠しておきたかったのに。自嘲気味に笑う日向を見て耐えきれず、俺は口を滑らせた。

「……それ、ほんと？」

「……あぁ」

「……そっか。あたし、瀬古から見てフウちゃんに似てるんだ」

日向はそう呟《つぶや》くと、俯き、膝の上で手をくるくるさせ始めた。

◇

おそらく今が来場者数のピークなのだろう。校内のどこを見ても人集《ひとだか》りがあり、かなり賑やかな場所となっている。

クラスのシフトを終えた俺たちは自由時間を手に入れた。これからは客側として文化祭を楽しむ時間が始まる。

「美彩はこの後のシフトはないんだっけ」

「ええ。高橋《たかはし》くんの所属する軽音学部のバンド演奏が終わったから、以降は全て彼がやってくれるそうよ。準備を私に任せていたことの償いみたい」

「高橋くん優しいね。でも大丈夫かな？」

「一応マニュアルを作って渡しておいたから、余程のことがない限り大丈夫だと思うわ」

「マニュアル!?　わざわざ作ったの？　すごいね美彩」

「必要事項をまとめただけの簡単なものだけれどね。……この時間を満喫したいもの。それくらいの労力、どうってことないわ」

ふと、夜咲の視線がこちらに流れたのを感じた。目が合うと、彼女は微笑《ほほえ》みを向けてくれる。

「……そうだね。せっかくの文化祭だし、いっぱい楽しまなきゃ」

夜咲に同調して意気込みを見せる日向。俺も心の中で同意する。

「昼時だし、とりあえず腹ごしらえでもするか」

俺の呼びかけに二人は賛成し、小田の情報を頼りに校内を回ることに。

「いらっしゃい、いらっしゃーい！」

「うちの焼きそば最高だよー食べてってー」

「歩きすぎて疲れてませんかー？　カフェで一休みなんてどうですかー？」

廊下を歩くだけで多くの声が入り混じって耳に入ってくる。

こんなに活気のある旧校舎はこの時期だけだ。非日常感があって心が躍る。

ソースの香りや呼び込みに誘惑されつつ、俺たちは買い物を済ませていく。

「えへへ。揚げたての唐揚げ買えちゃった」

「ふふ。タイミングがよかったわね」

「ね！　美彩はクレープにしたの？」

「ええ。実は最近スイーツにハマっているの」

「え！　だったらまた行こうよ、ケーキバイキング！」

「ふふ、そうね。瀬古くんは何にしたの？」

「肉巻きおにぎりとフライドポテトを買ったよ。ポテトは二人と共有できるかなって」

答えると夜咲は目を細め、日向は目を輝かせた。

その後、飲み物とか残りの買い物を済ませた俺たちは中庭へ。

中庭には本日限定で大量に折り畳み式のベンチが設置されている。ちょうど一席空いたので、そこに座ることに。

いつも通り端に位置しようとすると、「待って、瀬古くん」と夜咲に呼び止められた。

「瀬古くんは真ん中に座った方がよくないかしら」

言われて、その意図を察する。

「たしかに、その方がポテトも共有しやすいか」

汲《く》み取った内容を口にすると、夜咲は微笑んで頷《うなず》いた。どうやら合っていたらしい。

そんなわけで、普段通り左隣に日向、そしていつもは空いている右隣に夜咲が位置する形で座ることになった。

……うん。納得はしているのだが、いざ座ると失敗した感が否《いな》めない。いや女の子二人を連れていることに変わりはないのだが、やはり俺のポジションは端っこが適している気がする。というより……夜咲に隣に座られると、どうしてもあの日のことを思い出してしまう。

かと言って今更替わろうと言うのも忍びなく、この環境を享受することに。

「瀬古。はい、これ」

日向から蓋付きの紙コップを差し出された。受け取って「ありがとう」とお礼を言い、先ほど購入したリンゴ飴《あめ》を日向に渡す。

飲み物を買いに行く際、時間短縮のためにと日向に「リンゴ飴を買ってきて」と頼まれたのだった。その代わり、日向が俺の分の飲み物も買ってきてくれると。

それらの料金は同じだったので特に文句もなく、俺が日向の買い物をするのも、俺と夜咲を二人きりにしたくないという意図からだと思えば違和感もなかったので素直に従うことにした。

好物なのだろう、頬を緩ませた日向は受け取ってからリンゴ飴をじーっと見つめている。揚げたてだって喜んでいたのに、唐揚げが冷めちゃいそうだ。

っと、そういえば俺が買ったものにも揚げ物があった。

「ポテト、手で持ってるから自由に取っていって」

「ありがとう、瀬古くん」

「あ。……ありがと、瀬古。もらうね」

二人が一本ずつポテトを摘《つま》み、それを自分の口に運ぶのを見届けてから自分も食べる。

うん、塩が利いていて美味《おい》しい。

もう一本食べ進めようと手を伸ばした時、俺の右肩にかかる重みが増した。

「瀬古くん」

振り向くと夜咲の綺麗《きれい》な顔がすぐそばにあって胸がどきりと音を立てる。

「お返しに、私のクレープどうかしら」

夜咲は囁《ささや》くようにそう言って、手に持つクレープを俺に近づけた。

「瀬古くんも、クリーム好きでしょ？」

彼女はあの時のことを言っているのだとすぐに分かった。だから、彼女が俺にさせたいことも理解する。

でも、今はあの時と状況が違うから。

「じゃあ、もらおうかな」

ポテトを使ってクレープのクリームをすくい、そのまま一緒に食べてみせる。ポテトの塩気が甘みを引き立てて美味しい。

「……瀬古くん、いじわるね」

頬を膨らませて抗議する夜咲。急にこんなところで揶揄《からか》ってくる方がいじわるだと思うが、可愛《かわい》いので許してしまう。

しかし、さっきから心臓が暴れて仕方がない。落ち着かせるために、さっき日向から受け取った飲み物を飲むべくストローを咥《くわ》える。

「んっ⁉」

違和感に気づき、急いでストローを口から離す。

「あっま……」

口内にはたしかに甘みが広がっている。しかし、俺はウーロン茶を頼んだはずだ。

「あ、あー」

左隣からばつの悪そうな声が聞こえた。

「ご、ごめん、瀬古。間違ってあたしのミルクティー渡しちゃった」

「ミルクティー……あぁ、そういうことか。悪い、日向の飲んでしまった」

「う、ううん。あたしの方が悪いから、気にしないで。……それじゃ、それもらうね？」

日向が俺の持つコップに手を伸ばしてきて、咄嗟《とっさ》にコップを反対側に寄せた。

「いやいや、これは俺が飲むって」

「……なんで？　いいじゃん、それあたしのなんだし」

「もう俺のものみたいなもんだろ……代わりにそっち飲んでもいいし、どうしてもミルクティー飲みたいなら俺買ってくるけど」

「……いい。こっち飲むから」

　ぶすっとした表情でウーロン茶をすごい勢いで飲み干していく日向。力が入っているからか、その頰は赤くなっている。

　謎に不機嫌な二人に挟まれている現状。やはり俺には端っこの席が合っているなと心の中で呟くのだった。

◇

　食事を終え、改めて文化祭を回ることに。

　射的やヨーヨー釣りなど祭りの屋台を模倣したものであったり、何かを賭けたりはしないカジノであったりと様々な出し物が催されており、中には俺たちのクラスでも提案されたメイド喫茶もあった。

　メイド喫茶は奥まった場所で開かれていたがたしかな人気ぶりを感じる。ただ、同じ行列でもその列を成す人間たちの表情はうちのものと全く異なっていた。

　旧校舎の三階までが各クラスの出し物。そして、今からぶらつく四階以上が部活の出し物エリアだ。

たしか漫研部はこの上の階で展示しているはずだが、今は夜咲もいるので行っても例の同人誌を見ることはできない。また機を伺って行くことにする。

まあでも、幸いなことにこのフロアは楽しそうなもので溢《あふ》れていて。

写真部の展示会や将棋部の部員との対戦、そして占い研究部での相性占いと、気になったものに飛び込んでいってみたがどれも楽しむことができた。

そもそもこの二人と一緒にいて楽しくないなんてことはないが。文化祭の雰囲気も合わさっていつもより気分が浮《うわ》ついているのを感じる。

今度はどこに行こうかと話し合っていると、日向が廊下の先を見て「あ」と言葉をこぼした。

彼女が一体何を目にしたのか確認するため、先ほど彼女が向いていた方を見る。そこには同年代らしい私服の女子三人組がいた。

女子三人組は和気藹々《わきあいあい》と喋《しゃべ》りながらこちらに向かって歩いてきており、特にこちらを気にしている様子はない。

「晴《はる》？　どうしたの？」

日向の様子が気になった夜咲が声をかける。

その呼びかけに反応したのは、今まさにすれ違った女子三人組だった。

「え？　もしかして晴ちゃん？」

一人が振り返り、日向の名前を呼ぶ。

日向はゆっくりと振り向き、「あはは」と笑みを浮かべた。

「久しぶりだね、三人とも」

「うわぁ、まじで晴ちゃんじゃん！」

「びっくりしたー！　そういえばここ通ってるんだっけ？」

「てかさてかさ、雰囲気変わった？　最初気づかなかったんだけど！」

盛り上がる三人組。日向はまた「あはは」と笑って返す。

「晴。お知り合いかしら」

「……うん。中学の頃の友達だよ」

どうもー、と挨拶してくれる三人組。俺は軽くお辞儀を返す。

「私ら部活も一緒でさ、中学の頃はいっつも一緒だったんだよ。懐かしいなー」

「てかさ、まじで久しぶりじゃない？　中学卒業してから会ってないよね」

「ねー。あ、そうだ。せっかくだし、晴ちゃんに案内してもらおうよ。積もる話もあるかもだし！」

「うわそれめっちゃいい！　案内してよ晴ちゃん！」

久しぶりに会う友人を前にして、三人はどんどん話を進めていき、

「……うん、分かった。案内するね」

結局、日向はその申し出を受け入れた。

三人組は既に四階を回ったらしく、日向を加えた四人が五階へと上がっていくのを見送る。

「晴はやっぱりお友達が多いわね」

「そうだな」

「瀬古くんは誰かと会う予定ないの？　例えば、その、お母様はいらっしゃらないのかしら」

「母さんは来ないよ。うちの出し物がお化け屋敷に決まった時点で来る気完全に失《う》せてたから。あの人あれでホラーが大の苦手なんだ」

「……そう。それは、選択を間違えてしまったわね」

いや、むしろ正解だったと思う。これ以上二人にあることないこと吹き込まれたらたまったもんじゃないからな。

「あ、真庭は来るって聞いてる」

「真庭……あぁ、彼ね。会う約束はしているのかしら」

「ううん。前に予定が入ってるらしくてさ、いつ来れるか分からないからタイミングが合えばって感じかな。それで、夜咲は？　親御さんとか、それこそ従妹《いとこ》は来ないの？」

「私の両親は仕事。従妹の紗季《さき》は私たちと同じで今日が文化祭なの」

「文化祭？　ってことは中学生？」

「小学六年生よ。彼女の学校は一貫校だから、小中合同で開催されるの」

「なるほどね」

そういえば、夜咲も元々は私立の一貫校に通ってたんだっけ。

去年彼女と出会えたのも、今こうして一緒にいられるのも、ある意味奇跡なのかもしれない。

……でも、きっといつかは離れ離れになってしまう。それなら今のうちに思い出を作っておくのが吉か。

「瀬古くん。あそこなんてどうかしら」

夜咲が指差した先には、映像研究部の出し物である自主制作映画の上映開場があった。どうやらちょうど今から上映が始まるらしい。

「いいね、行こう」

正直クオリティにはあまり期待していないが、ツッコミどころがあってもそれはそれで面白いのがこういう作品だ。快諾し、夜咲と一緒に会場の中へと入る。

会場もとい教室の中は真っ暗で、プロジェクターの光を頼りに二つ連続して空いている席を最後列に見つけて座る。映画館とは異なり、授業でいつも使っている木製の椅子なため長時間の視聴はきつそうだ。

「ふふ。映画、楽しみね」

近くから夜咲の声が聞こえる。振り向くと本当にすぐそばにいて「えっ」と声が出そうになるのを咄嗟に押さえる。

会場内の椅子は一定の間隔を空けて設置されているのに、夜咲は位置をずらして座っていた。ピッタリと、俺の座る椅子にくっつけるようにして。

「離れていたら、一緒に観《み》ている感じがしないでしょう？」

さらに近づいてきて、耳元で透き通った声を聞かせてくれる。

放心しそうになったが「上映開始しまーす」という案内の声を聞いてなんとか意識を手放さずに済んだ。

意識をなるべく前方に向かせる。そういえば映画の内容を確認せずに入ったが、一体どんな話なんだろうか――

『転校生を紹介する』

『あ、お前さっきの！』

『あなたはさっきの！』

冒頭から全てを察した。これ、ガッツリ恋愛ものだ。

最悪の出会い方をした主人公と転校生のヒロイン。紆余《うよ》曲折《きょくせつ》ありながらも互いのことを理解していき、次第に二人は惹《ひ》かれ合っていく。

途中、典型的な恋敵も現れて一時はどうなるかと思われたが、そこで主人公が男を見せる。

『俺、やっぱりお前のことが好きだ。あいつにも、他の誰にも譲りたくない』

『遅いのよ、ばか。……わたし、ずっと待ってたんだから』

クライマックスの告白シーン。夕陽《ゆうひ》に照らされ映し出された二人のシルエットが重なり、会場は大きな盛り上がりを見せた。

そこで映画は終了。クレジットが流れ、この映画が演劇部との共同制作であることを初めて知った。演技力の高さに納得がいく。

舐《な》めてかかったため、してやられたなという感じもするが、素直に良い作品だった。ただ個人的にはシチュエーションというかタイミングが悪い。好きな子が隣に、それも息遣いが聞こえるほど近くにいる環境で観ていいものではなかった。

やいやいと感想を言い合いながら出て行く他の客たちに紛れ、俺たちも会場を後にする。ただ周囲とは違い、俺たちの間に会話はない。

「……い、いやー、結構良かったな。ベタではあったけどこれぞ王道って感じで、くるものがあったというかさ！」

流石《さすが》にこのままでは気まずいので、沈黙を破るために捻《ひね》り出した感想を口にする。

すると夜咲は「そうね」と呟《つぶや》き、

「素敵な映画だったわ。……本当に、素敵だった」

続けて感想を述べる夜咲は、どこか熱っぽい雰囲気を纏《まと》っていて、

「ねえ、瀬古くん」

俺の服の裾を摑《つか》み、揺れる瞳を向けてくる。

「今日……出し物の片付けを済ませた後、何か予定はあるのかしら」

「え。……予定は、ないけど」

たじろぎながらも正直に答えると、夜咲は「そ、そうなのね」と安堵《あんど》の表情を浮かべたかと思えば、裾をわずかに引っ張ってきて、

「……その。私も、今夜空いているのだけれど……」

俺を見つめる熱い視線に、何かを引きずり出されそうになる——

「夜咲さん！　見つけました！」

大きな声が耳をつんざく。振り向くと、ケロッとした顔の早川とその後ろに肩で息をする姫宮が立っていた。

「……どうかしたの。早川さん、姫宮さん」

ぱっと裾から手を放し、二人に相対する夜咲。心なしか不機嫌なように見える。

「SOSです！　早川たちには夜咲さんが必要です！　どうかついてきてください！」

「……ごめんなさい。要領が摑めないのだけれど」

「はぁ、はぁ……あーもう、うちが説明するから。――実はお昼に入ってから文化祭自体に来ている人が増えたせいか列が午前より長くなっちゃってさ、隣からクレームが入ってんの。今も高橋っちが対応してくれてんだけど、なんか向こうは夜咲っちを出せってずーっと言ってきてんの」

「……状況は理解したわ。どうして私でないとダメなのかは分からないけれど、一度戻ることにするわ」

「ありがとー、マジ助かる！　てかごめんね、せっかく文化祭を楽しんでたのに」

「姫宮さんは何も悪くないわ。気にしないで」

姫宮を気遣う言葉を口にすると、夜咲はゆっくりとこちらを振り向いた。

「……瀬古くんは、どうするのかしら」

「あー……俺が行ってもやれることはなさそうだし、このまま小田のところに顔を出してくるよ」

「……そう。分かったわ」

普段と変わらない落ち着いたトーン。だけど、その声色はいつもと違った気がした。

「それでは早速戻りましょう！　ダッシュです！」

「あーもう、だから走っちゃダメだって早川っち！」

早川を追いかけるようにして、姫宮と共に出し物の教室へ戻る夜咲を見送る。

しかし、二人は夜咲がここにいるってよく分かったものだ。ひょっとすると、捜索のために早川が出動したのかもしれない。

クレーム自体はただのイチャモンのようだったので、夜咲なら簡単に落着させることができるだろう。加えて、今の夜咲には他にも頼れる人がいる。

少し寂しい気持ちもあるが、先ほど衝動的な行動を取ろうとした自分を省み、彼女と一旦離れて冷静になるべきだと判断した俺は、同人誌を読みに行くチャンスだと前向きに捉えることにしたのだ。

俺はすぐさま漫研部の方角へ体を向け……歩き出さず、携帯を取り出した。

もしかしたら、日向はもう友人と解散しているかもしれない。仲が悪いようには思えなかったが、日向があまり乗り気な感じじゃなかったのが気になる。

メッセージを送信して携帯をしまい、改めて漫研部へと……

「その前にトイレ行っとくか」

あの二人といる時、行くタイミングが難しいからな。

そんなわけで、少しだけ寄り道してから漫研部へ向かうことにした。

◇　◇　◇

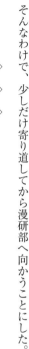

視認した瞬間、すぐに分かった。中学まで仲の良かった子たちだって。

同時に「まずい」と感じた。もしかしたら、一緒に回ろうよって誘われるかもと思ったから。

別に彼女たちのことが嫌いなわけじゃないけど……あたしは、瀬古と一緒にいたい。今日だけはずっと、瀬古と一緒にいたいから。あたしは、気づいていたのに三人に声をかけなかった。

だからバチが当たったんだ。三人から声をかけてくれて、誘われちゃって、断りきれなくて。

今、あたしの隣に瀬古はいない。

「さっき物珍しさでメイド喫茶行ったんだけどさ、客と揉《も》めて大変そうだったよ」

「そ、そうなの？」

「あれやばかったねぇ。しつこいナンパって感じだったけど注文もせずにずーっと居座っててさ、ニヤニヤ店員のこと観察してんの」

「ぶっちゃけ、あれは衣装が悪いでしょ。ペラッペラで絶対安物だし。そんなの変なやつも出てくるって」

話を聞いてその生徒に同情しつつ、あの時、美彩が却下してくれてよかったと安堵する。

そもそも、メイド服なんてあたしには似合わないから着たくなくて反対だったけど。もしゃるってことになってたらと思うと身震いがした。

あたしの身体《からだ》は男の子にそういう目を向けられがちだ。体育祭の練習の時はそのせいで気持ち悪くなったりもした。似合っていなくても、メイド服なんて着たらそれこそ……耐えきれない。

……でも、瀬古にだったら。瀬古になら見られても平気。むしろ見て欲しい。見て、興奮して欲しい。そして……わがままを言うのであれば、嘘《うそ》でもいいから褒めて欲しい。

きっと、瀬古にお願いされたらあたしは着ちゃうんだろうな。だってあたしの身体は瀬古のものだもん。

瀬古のしたいこと、してよくて。瀬古のしたいことを、あたしはされたい。

「てかさ、こうして晴ちゃんと遊ぶのっていつぶり？　もしかして去年の夏以来じゃない？」

「いやいや、わたしら夏も遊べてないって。ほら、晴ちゃん夏前に膝やっちゃったじゃん」

「あ……そうだったそうだった。ごめんね、晴ちゃん」

「う、ううん。気にしないで」

「でもほんと、快復して良かったよねー。だけど今は陸上部入ってないんでしょ？　マナミから聞いてるよ」

「あ、それ聞きたかった！　なんで陸上辞めちゃったの？　晴ちゃんめちゃくちゃ速いのに」

それは……瀬古と一緒にいるため。瀬古と一緒にいる時間を増やすために、あたしは帰宅部でいる。

三人はうちの生徒じゃないから、瀬古と美彩、そしてあたしの関係を知らないかもしれない。だけど同じ中学出身でうちに通っているマナミから聞いてる可能性もあって、今知らなくても今後知らされる可能性もある。だから――

「部活入ったら勉強追いつかなくなると思って。ほら、あたしギリギリだったからさ」

適当な理由を口にして、自分の気持ちを隠した。

瀬古のことが好きだって言いたいのに。瀬古のこういうところが好きって話をしたいのに。あたしにそんな権利はない。

それからしばらくして、初めはあたしに質問をぶつけていた三人だったけど、気づけば自分たちの近況報告をし始めた。

……全然興味が湧かない。あたしが知りたいのはそんなことじゃない。

今、瀬古はどこにいるの。瀬古は何をしているの。瀬古は何を考えてるの。

美彩と何を話してるのかな。美彩との距離が近くなってないかな。美彩の笑顔に照れたりしてないかな。

……少しでも、あたしのこと意識してくれてないかな。

瀬古、瀬古、瀬古、瀬古、瀬古。

どうして隣にいないの。あたしの隣にいてよ。ずっと、そばにいてよ。

瀬古――

「あ」

スカートのポケットの中で携帯が震えた。

誰かと一緒にいる時、普段は触ったりしないのに。あたしは……無意識に、携帯を取り出していた。

そして、みんなに謝りを入れず、すぐさま通知を確認する。

『まだ友達と一緒？』

届いていたのは、そんな短いメッセージ。だけどその送り主は――

瀬古。瀬古だ。

何度も心の中で呼んだ名前が、携帯の画面に表示されていて。あたしのことを気にかけてくれていた――

「ごめん。呼び出されちゃったから、あたし行かなきゃ」

「え⁉　晴ちゃん⁉」

その場を駆け出す。後ろからあたしの名前を呼ぶ声が聞こえるけど気にしない。嘘をついちゃったけど、気にならない。

あたしの頭の中はもう、瀬古のことでいっぱいになっているから。

直線に長く伸びる廊下をひたすら歩いていく。三人との距離が十分に開いたと思ったところで止まり、携帯を操作する。

『さっき別れたところ』

そんな文章を入力して、送信ボタンを押した。

これは嘘じゃない。だって、さっきそうしたから。

画面をじっと見て、彼からの返事を待つ。早くこないかなと祈りながら。

「小田くん！　いや小田先生！　最高ですよこれはぁ！」

背中を向けていた教室の方から甲高い声が聞こえてきて、あたしは体をビクッとさせる。

「せ、先生はやめてくれぇ、真庭氏！　恥ずか死んでしまう……。それにこれは二次創作。最高の賛辞は元となった作品であるトルパニに贈るべきであろう」

この声……オタくん？　ってことは、ここって漫研部の出し物やってるところ？

真庭という名前も聞いたことがあった。たしか瀬古とオタくんの中学時代のお友達で、
今もたまに会っているとか。

二人は瀬古のお友達、そして会話の内容があたしの気になってるトルパニの同人誌っぽくて、つい聞き耳を立ててしまう。

「それはそうなのですが、トルパニの一ファンとして言わせてください！　素晴らしすぎます、この作品は！　特に――フウのエピソードがとび抜けて素晴らしい！」

フウちゃん。あたしの推しキャラで、瀬古に、似てるって言ってもらった子。

真庭くんの興奮ぶりが伝わってきて、早くあたしも読みたくなってくる。

「原作以上の情報が詰まっていると言いますか、まるで近くで見てきたかのような解像度ですよ、これは！」

「むふふ。さすが真庭氏、お目が高い。なんせフウのエピソードに関しては超監修《スーパーアドバイザー》が付いておるからな！」

「超監修……！　あ、分かりましたよ、その人が誰か。というより僕たちの中でフウ推しといえばあの人しかいません！」

真庭くんはよほど自信があるのか、はっきりとした口調でその名前を口にした。

「ズバリ、瀬古くんですよね？」


――え。


「ぬわあ！　ま、真庭氏！　我が校においてそれはトップシークレットなのだぞ！」

「え？　どうしてですか？」

「そ、それはアビスより深い理由《ワケ》があってだな……」

そこから、二人の会話が頭に入ってこなくなった。きっと高鳴る心臓の音がうるさくて、声を掻《か》き消しちゃってるから。

……ずっと、瀬古は別のキャラが好きなんだって、美彩みたいなキャラが好きなんだって思ってた。

でも、本当の瀬古の推しキャラはフウちゃんで、瀬古は、あたしとフウちゃんは似てるって言ってくれて。

……だめ。だめだめだめだめだめ。期待なんかしちゃ。絶対にあとで悲しくなっちゃうから、そんなことしちゃだめなのに。

あたし、ばかだから。期待、しちゃうよ。

瀬古――

「……ぁ」

手元の携帯が震え、あたしは本能的に届いたメッセージを開く。

……瀬古、いま一人なんだ。そっか、そうなんだ。

あたしは携帯をポケットにしまい、後ろを振り向き――教室の中に入っていく。

「あ、新しいお客さんですよ」

「ぬ。よくぞいらっしゃっ――日向氏⁉　ま、まさかさっきまでの会話……！」

「小田くん？　あれ、僕だけ事態が呑《の》み込めてない感じですかこれ？」

頭上にハテナを浮かばせている真庭くんは無視して、狼狽《うろた》えてる様子のオタくんに詰め寄る。

「オタくん。あのね、お願いがあるんだけど――」

◇　◇　◇

我が校の文化祭の出し物が旧校舎で行われる理由はいくつかあるらしく、俺たちが普段使っている新しい校舎より校門に近いからだとか、うちみたいに教室を大改造するクラスが現れるからだとか、貴重品を置いていないからセキュリティ面で優れているからだとか、たまに使ってやることがメンテナンスになるからとか、そんな感じ。

あくまでソースは小田で真偽は定かではないのだが、まあその辺は割とどうでもよくて。クラスの出し物だけではなく一部を除いた部活の出し物も旧校舎に集めているため、文化祭開催中の新校舎や部活棟はやけに静かなのだ。

実際、今もこうして部活棟の廊下を歩いていても人とすれ違うことは稀《まれ》で、部室が和室になっている茶道部らしき生徒を見かけたくらいである。

「……着いた」

ある部室の前で立ち止まる。数週間前にも訪れた場所であるそこは――漫研部の部室だ。

先ほど、トイレを済ましたところで日向から返事が来ていることに気づき、日向が既に友人らと解散していたことを知った。

そこから日向も一人行動する可能性もあるが、一応情報共有として夜咲がクラスの方に呼び戻されたこと、それに伴い俺は一人で行動していることを伝えた。すると、既読がついてからしばらく間を空けて返事が届いた。

『漫研部の部室にきて』

例の同人誌が展示されているのは旧校舎の教室だ。それなのに、なぜ部室に？

そのような疑問が湧き上がり、すぐさま問いただすメッセージを送ったが、いくら待っても反応はなかった。

このままずっとここで待っていても埒《らち》が明かないと考え、確認するためにも、こうして部室の方に来たわけだ。

部室の中の灯《あか》りは点《つ》いておらず、扉に手をかけるも鍵が閉まっていて開かない。思えば先に展示会場の方に行けばよかった。

「日向、中にいたりする？」

十中八九いないと思っているが、念のために部室の中に向かって声をかける。……うん、やはり返事はない。

『部室』はただの打ち間違いだったかと部室に背を向けたその時、カチャッという音が後ろから聞こえた。

「え？」

振り返る。相変わらず目の前には漫研部の部室の扉しかない。

「日向？」

もう一度、その名前を呼んだ。すると、

「入ってきて、瀬古」

聞き慣れた声、彼女の声が中から聞こえてきて。

俺はこの状況に既視感を覚えながら、そっと扉に手をかけて開く。

やはり部室の電気は点いていなかった。だけど窓から差し込む光が部屋の中を照らしていて、目の前に立つ少女の姿を鮮明に映し出していた。

「……え」

一際目立つ鮮やかな朱色は光の当たり方によって深紅色に輝く。襟や袖口、そして全体にちりばめられた金の刺繍《ししゅう》がさらに煌《きら》びやかさを与え、深く入ったスリットから見え隠れする肌に劣情が煽《あお》られる。

そんな、赤いチャイナドレスを着た彼女の顔は、同じくらい赤く染まっていた。

「……扉、閉めて。鍵もお願い」

俺は彼女の姿に釘付《くぎづ》けになりながらも、後ろ手に扉を閉めて鍵をかける。

「……これね、漫研部の人から借りたの。昨日オタくんが言ってた人にお願いしたらね、いいよって言ってくれて」

日向の言う人物は、衣装を作っているという部員のことだと理解する。

そして、きっと日向は既に漫研部の展示会場へ行ったのだと察した。

「すごいんだよ。生地がしっかりしてて、売り物みたいなの」

自身の身体《からだ》のラインに沿いながら手を滑らせ、素材の質感を教えてくれる。

その仕草に艶めかさを感じていると、熱を帯びた瞳が俺を捉えた。

「……瀬古、こういうの好きかなって」

探るような、だけどどこか確信めいた言い方をする日向。

「……どう、かな」

だけど、自信がなさそうに顔を伏せながら聞いてくる。

だから、俺は——

「似合ってる」

彼女に、自分の気持ちを伝えたくなる。

「……ほんと？」

わずかに顔を上げ、でもほんの少しだけ期待に満ちた表情で訊《たず》ねてくるから。俺は彼女をまっすぐ見つめ返して答える。

「あぁ。すごく似合ってる」

「……えへ」

「まず、赤色が日向に本当に似合ってる。ポイントの金色も華美で、いつもとは違う日向を演出していて最高だ。それに体にぴったりフィットしたデザインが日向のスタイルの良さを引き立てていていいし、丈が長いのも優雅さを醸し出していて新たな魅力に気づかされたし、それに……スリットから見える脚に、興奮する」

「……えへへ」

彼女ははにかみ、緩みきった顔を見せる。

「さっき、聞いたんだ。瀬古がフウちゃんのことが好きだって。だからね、フウちゃんがいつもしてる格好をしたら、あたしのこと……もっと見てくれるかなって思って」

彼女は前に出てきて、上目遣いで媚《こ》びるような視線を向けてくる。

「ねえ、瀬古。あたし、フウちゃんに似てるんだよね？　これであたし、フウちゃんになれてるかな？　瀬古の好きなフウちゃんになれてるかな？」

また誰かの代わりになろうとしている彼女。

やっぱり、なんて思ったのは一瞬で。のしかかる罪悪感も今は無視して。

俺は――彼女の体を強く抱きしめた。

「え……瀬古？」

腕の中から聞こえる困惑の声。

俺はそれに構わず、彼女に伝える。

「日向は可愛《かわい》いよ」

瞬間、彼女の小さな体がピクッと反応した。

続ける。

「美味《おい》しいものを食べてる時の日向が可愛い。表情だけじゃなくて全身で喜びを表していて、見ているこっちが幸せになれる。癒やされる可愛さだ」

ゆっくりと、彼女の腕が俺の背中に回り込んだ。

「運動が得意で、体を動かしている時の日向はいつもより活き活《い》きしていて、それがまた可愛い。でも体育祭で活躍する姿はかっこよかったな」

「……もっと」

小さな呟きが聞こえる。

「制服姿も可愛い。冬服も夏服も、どっちも似合ってる。受験の時に見たセーラー服の日向も可愛かった」

「もっと、ほめて」

ねだるような、甘えるような声。それもまた可愛くて。

「あと髪も可愛い。くせ毛でふわっとしていて、こうしてると頭がちょうどいい高さにくるから、毎回触りたくなるのを我慢しているんだ実は」

「いいよ。触って。頭、撫《な》でて」

許可をもらえたので髪の毛に手を触れ、すっと撫でてみる。指は引っ掛かることなくなめらかに滑り、日向の声から「んっ」という可愛らしい声が聞こえた。

「もっと撫でて。たくさん撫でて」

ぐりぐりと胸に頭を押し付けながらねだってくる日向。俺は彼女を抱き寄せるようにして、優しく撫で続ける。

「ほめて。いっぱいほめて」

「髪、綺麗《きれい》に染まってるな。初め見た時は驚いたけど、似合ってる」

「……かわいい？」

「うん、可愛い。でも黒髪の時と比べるとちょっと大人っぽい感じあるな」

「今の方がいい？」

「一度しか見たことないけど、黒髪の時も可愛かったよ」

「……えへへ」

胸の中で日向が嬉《うれ》しそうに笑い、甘えるように体をくっつけてくる。

「……夢みたい。瀬古に頭撫でてもらって。たくさん、たくさん褒めてもらえて。まるで……まる、で……」

言葉尻が小さくなっていき、しまいには黙ってしまった日向の体を少しだけ離す。

彼女の顔は先ほどと比にならないくらい赤く染まっていて、瞳は涙が流れてしまいそうなくらいに潤んでいた。

「日向」

彼女の名前を呼ぶ。瞳が大きく揺れた。

「今まで話したのは全部、他の誰でもない日向の魅力。俺が感じてきた日向だけの魅力だ」

気持ちが伝わるように、彼女の目を見ながらゆっくりと話す。

「信じてもらえないかもだけど、俺は日向を誰かの代わりだと思ったことはない。日向は、日向で。とても魅力的な女の子だと思ってる」

大きな目に涙を溜《た》め、「うそ……」と呟《つぶや》く日向に真実を告げる。

「日向。俺は、日向のことが——」

◇　◇　◇

「……はぁ」

思わずため息が出る。本当に、くだらない案件だった。

駆けつけると、たしかに高橋くんがクレーム対応に苦戦していた。けれど彼の対応は真

っ当で、向こう側が引かない理由が皆目見当つかず。

それもそのはずで、クレームを入れてきた隣のクラスの実行委員の男子の目的は私を呼び出すことだった。

その男は私が現れたことに気づくとすぐに高橋くんとの対話をやめ、私の方にやって来て言った。

「ねえ、夜咲さんはもう誰かと後夜祭行く約束してる？」と。

……どうして。どうしてあなたから誘いを受けなきゃいけないの。

まだ彼から誘われていないのに。私が欲しいのは、彼からのお誘いなのに。

あなたがこのような愚行を起こさなければ、あの時、私は誘ってもらえていたかもしれないのに——。

その男の誘いをどのように断ったのかは覚えていない。気がついた時には階段を上っていた。

「……瀬古くん」

四階に戻ってきたところで携帯の通知を確認する。先ほど合流するために彼にメッセージを送ったのに、彼からの反応は未《いま》だ返ってきていない。

早く会いたい。もう久しく会っていない感覚にすら陥る。

通話をかけることも考えたけれど、メッセージを送ってから実時間は大して経過していないため一旦控えることにした。

……そういえば、私が姫宮さんたちと高橋くんのもとへ向かうとなった時、彼は漫研部の方へ行くと言っていた。もしかしたら小田くんと話し込んでいるのかもしれない。

早速漫研部の展示会場へ向かってみると、そこには小田くんの姿があった。けれど瀬古くんの姿が見当たらない。

「小田くん」

会場である教室の中に入り、小田くんに話しかける。

「や、夜咲氏。我が部に何用かね」

「その、こちらに瀬古くんは来ていないかしら」

「……瀬古氏？　瀬古氏は来ておらんよ」

「本当に？」

「うむ。来てくれるとは言ってくれておるが、まだ今日は一度もここに姿を現しておらぬ。むしろ瀬古氏は夜咲氏と一緒におると思っていたのだが、違うのだな」

「……えぇ。少し別行動していたの」

「ふぅむ。なるほど。……なるほどなるほどなるほど」

顎に手を当てて考え込む小田くん。次第に表情が険しいものに変わっていく。

少し様子が気になるけれど、嘘《うそ》をついている気配はない。

小田くんの隣を見やると、もう一人男の子がいた。えっと、彼は……

「あ、お久しぶりです、夜咲さん。真庭です」

「真庭くん……中学校を卒業して以来ね」

「はい！　いやー、月日が経《た》つというのは早いもので――」

「真庭くんも瀬古くんを見てはいないのかしら」

「え？　あ、はい。この学校に来てから一度も会えていませんね。僕も彼と会いたいのですが、どうも先ほどから連絡が付かなくて――」

「教えてくれてありがとう、真庭くん。小田くんも、感謝するわ」

ここに彼はいなかった。となれば、これ以上ここにいる理由はない。

廊下に出て、携帯を確認する。相変わらず返事は届いておらず、既読もついていない。

真庭くんも連絡が付かないと言っていたけれど……。

一体、あなたはどこにいるの。早くあなたに会いたい。一緒に文化祭を回って、そして、その後もあなたと一緒に過ごしたいの。

瀬古くん――

「あ！　夜咲さん！」

廊下なのに風が吹いたかと思えば、目の前に早川さんが現れた。その手には宣伝用の看板を持っている。

「先ほどは申し訳ありませんでした！　早川たちが先に確認しておけば夜咲さんにあのような気持ちをさせずに済んだのですが！」

「早川さんたちは何も悪くないわ。気にしないで。……ところで、早川さんは瀬古くんを見ていないかしら」

「いえ、早川は見ていません！　けど、他の方に聞けば分かるんじゃないでしょうか！」

「他の人？　具体的に誰に聞けばいいかしら」

「うちの生徒であれば適当でいいと思います！　先ほどもそれで夜咲さんの居場所が摑《つか》めましたから！」

「……どういうこと？」

「えっと、早川もよく分かっていないのですが――」

早川さんが言うには私と瀬古くんは校内では有名らしく、うちの生徒であれば知らない人はいないらしい。そのため、私や瀬古くんの目撃情報は手に入りやすいのだという。

早川さんに感謝して、すぐさま近くにいたうちの生徒を捕まえる。

その結果、本当に彼の情報を入手することができた。その方たち曰《いわ》く、どうやら彼は部室棟へ向かったとのこと。

どうして部室棟へ向かったのか不思議だけれど、瀬古くんに会えるのであれば、そのような瑣末《さまつ》な疑問は無視できる。

部室棟……あまり馴染《なじ》みはないけれど、ここ最近は何度かそこの一室にお邪魔していたため、迷うことなく行くことができそうね。

きっと彼は自分の行き先を私が把握しているとは思っていないでしょう。

……ふふ。思いがけない出会い方をしたら、彼は間違いなく驚く。その様子を想像しただけで彼が愛《いと》おしくなった。

とにかく、彼の居場所が分かった。はやる気持ちを抑えて、歩いて部室棟へ——

「え……？」

向かおうと体の向きを変えた先に、私はある三人組を視認した。

彼女らは先ほど会った晴の中学時代の友人で、晴と一緒に文化祭を回っていたはず。けれど、何度確認しても彼女らは三人しかいなくて。そこに、晴の姿はない。

携帯を取り出し、ついさっき確認したばかりの通知欄を見る。

やはり、何も届いていなかった。

瀬古くんからの連絡も、晴からの連絡も——

「っ！」

ひどい胸騒ぎがした。

衝動的に、私は廊下を踏み込む。

私がいくら全力で走ってもスピードは高が知れている。しかし、文化祭という賑《にぎ》やかな雰囲気の中走る姿はとても異質で、私は多くの視線を注がれる。

けれど、そんなこと気にしていられない。一刻も早く、彼のもとへ向かう。

「はぁ…………はぁ…………」

走り始めて間もなくして息が切れ始めたが、絶対にペースを落とさない。落としたくない。

酸素が不足する脳で、私は思考を巡らせる。

彼は最近、私に続きの言葉……告白の言葉をくれていない。

けれど彼からの好意は感じていた。決して自惚《うぬぼ》れではない。彼が半年もの期間、明確な好意を向けてくれたから。彼の好意がどのようなものか、どのようにして伝わってくるのか、そして、それがどれだけあたたかいものなのかを私は知っている。

紗季にそのことを話すと、紗季は得意げに「恋は時には駆け引きが必要なんですよ」と教えてくれた。彼がしているのは「押してダメなら引いてみよ」作戦だと。

結局、その作戦は私に効果覿面《てきめん》だったから。他の理由を考えたくなかったから。私は、紗季の言うことを信じることにしていた。

「はぁ……はぁ……」

文化祭の準備期間のことを思い出す。

二人は時折同じ時間帯に教室から姿を消していた。けれど教室を出るのはバラバラで、帰ってくるのもバラバラ。ただ退席している時間帯に重なりがあるだけ。そう思っていた。そう思うようにしていた。

だって、そうだったとしても私にそれを咎《とが》める権利はないから。

私はまだ、彼女と同じ、彼の友人だから。

「はぁ、はぁ、はぁ……っ」

部室棟に着き、和服姿の人……おそらく茶道部の部員の方から聞いた、彼の行き先。

見慣れた部室の前で、私は息を整える。

「……ここ、なのね」

漫研部。お化け屋敷の衣装類を借りるために何度か訪れた場所。彼と秘密の撮影会を行った場所。

ここに、彼がいるかもしれない。

そして、もしかしたら……っ。

コンコンコン。扉を三回ノックする。逆に、場が静まり返った気がした。

「瀬古くん」

電気は消え、扉はピッタリと閉まっている部室に向かって声をかける。

「中にいたら、その……」

誰もいないはず。だって、いるはずがないもの。

「返事を、して……」

欲しくない。返事なんてしないで。誰もいないって証明して。

密室で二人きりなんて、そんなことあるわけないって——

カチャッ
今、確かに目の前の扉から聞こえた音。それは扉を解錠した音以外のなにものでもなく、

「……夜咲」

扉を開け、中から出てきたのは——ずっと会いたかった、けれど今は出てきて欲しくなかった彼、瀬古くんで。

その後ろには、私の親友である晴の姿が見えた。

「っ……！」

鼓動が激しくなる。その変化にいつもの心地よさはない。

呼吸が浅くなり意識が薄れそうになる中、改めて彼女の姿を見る。

「……彼女、コスプレをしているの？」

深紅に染められた中国のドレスを着ている彼女は、同じように赤く染まった顔でぼんやりとしているようだった。

「……あぁ。漫研部から借りたみたいでさ、それで見て欲しいってここに呼ばれたんだ」

瀬古くんが答える。その口ぶりから、嘘をついているようには思えなかった。

……けれど、どうしても重なってしまう。私と瀬古くんが撮影会を行った時と。私が瀬古くんを連れ込んで、メイドのコスプレをしていた時と。

晴、あなた……もしかして……

「えっと、夜咲。その……」

「瀬古くん。少し、晴と二人きりにさせてもらってもいいかしら」

「え？　あ、あぁ。俺は構わないけど」

瀬古くんは承諾すると、晴の方を見た。晴も、瀬古くんを見つめている。

「……瀬古、いっちゃうの？」

「……あぁ。でも少し離れたところで待ってるから」

「……えへへ。うん、わかった」

短いやり取りだった。けれど、その雰囲気は今まで私が見てきた二人のものとは全く異なっていて。

瀬古くんの、晴を見る目。それは、私が今まで彼から向けられていたものと同じだということに気づいた。気づいてしまった。

「美彩？　どうしたの？」

いつもと変わらない、あどけない表情で私の顔を覗《のぞ》いてくる晴。

けれど、その雰囲気に幼さは感じられない。

「晴……一つ、あなたに聞きたいことがあるの」

本当は、たくさんあるのだけれど。

私が聞いても自然な範囲で。一番引っかかったことを質問する。

「あなた、そういった姿を人に見られるのは苦手なタイプだったと思うのだけれど……どうして、誰かに見てもらおうと思ったのかしら」

私の問いを受け、晴は、ゆっくりと頷《うなず》き、

「うん。たしかに、あたしはあんまりこういうの得意じゃないよ。美彩やお母さん以外だったら、同性でもちょっとやだ」

私の認識は合っていると肯定した。

「それなら――」

「でもね」

けれど、その続きがあって、

「瀬古になら、見られてもいいの」

頬を紅潮させ、瞳を潤わせる。

「だって……」

恥ずかしそうに口元を手で覆い、彼女は言った――

「瀬古は、あたしの特別だから」

第十三話　好きな子の親友

ぼやっとしているうちに、俺たちの初の高校の文化祭は終わりを告げた。

来場者は軒並み帰っていき、校内は落ち着きを取り戻す。

だけど余熱みたいなものはあって、片付けのために残った生徒たちは騒がしく作業する。

今の俺にはその喧騒《けんそう》が心地よく、それと同時にうざったかった。

「おい、瀬古！」

お化け屋敷の壁として頑張ってくれていた段ボールをまとめていると、やたら挑発的な態度の猿山《さるやま》が声をかけてきた。返事はせず、ただ相手の言葉の続きを待つ。

「お前、この後の予定は埋まってんのかよ」

シチュエーション的にときめくセリフも、猿山からだと全然心が揺れない。

いや、姫宮《ひめみや》や早川《はやかわ》からでも同様だな。……って、流石《さすが》にこいつと同列に扱うのは酷《ひど》いか。

「何もないけど」

抑揚のない口調で、正直に事実を告げる。

すると猿山は大きくニヤッと笑い、「そうかそうか！　まあ、めげずに頑張れや！」と満足気に言った。

普段話しかけてこないくせに、わざわざ確認してくるとは。きっと体育祭の時のことで恨みを買ってしまっているんだろうな。

教室の端で早川と一緒に遮光カーテンを片付けている彼女の方を見やる。どこかほっとしているようなそんな顔。いや、きっと彼女は安堵《あんど》しているのだろう。

「ちなみにオレは予定があるぜ！　ＳＮＳで誘い待ちしてるやつがいたからよ、声をかけてやったら即ＯＫされたんだ。まだ会ったことないけど三年生で先輩だぜ、羨ましいだろ？　ん？」

聞いてもいないのに自慢げに話し始める猿山。

あぁこれが話したかっただけかと察し、「それはよかったな」と言ってやると猿山は胸を張ってみせ鼻息を荒くした。

……しかし、そうか。猿山は別に執着してるわけじゃなかったんだな。

胸を撫《な》で下ろす。それと同時に苛立《いらだ》ちも覚えたが、俺に責める権利なんてないだろう。

猿山は満足したのか上機嫌で去っていき、やっと作業が再開できる。重ねた段ボールをビニール紐《ひも》で縛り上げていく。

「……よし」

一度に全部は持っていけない。なのである程度溜《た》まったところで一旦、校舎の外にある回収場まで持っていくことに。

まとめた段ボールを抱えて廊下に出る。

「せ、瀬古っ」

しばらく歩いたところで、後ろから俺を呼び止める声が聞こえた。

振り返ると日向《ひなた》がいて、顔は紅潮し、胸のあたりに左手を置いている。その様子から彼女の緊張が伝わった。

「あ、あのね……その……さっきの続き、なんだけど……」

言葉がつっかえて出てこない彼女に、一歩近づいて言う。

「今度、時間くれないか。話したいことがあるからさ……二人きりで」

すると彼女は瞳を大きく揺らし、さらに赤みを増した顔で「うん」と頷く。

「……待ってるね」

そう言って、足早に教室へ戻っていった。

その姿を見届け、俺は踵《きびす》を返して歩みを再開する。

廊下を進み、階段を降りて外に出る。顔に当たる風がやけに冷たく感じた。

回収場に着き、段ボールを投げ入れて一息つく。この作業をあと何回か繰り返さないといけない。猿山にも言った通りこの後の予定は特にないが、終わらせないと帰れないので早く教室に戻るのが正解だろう。

それなのに、俺の足は別の方向へと向かっていた。

片付けるのはほとんど旧校舎で、新校舎ではやることがない。そのため一般公開が終わった今も新校舎は静かで、気持ちを整理するのにちょうどよかった。

新校舎にある１－Ａと書かれた札が飾られた教室。ここで俺はいつも授業を受けたり、休憩時間には中身のない会話をし、そして……毎日、夜咲《やざき》に想《おも》いを伝えていた。

にもかかわらず、俺はあの日、日向に誘われて。誰にも言えない関係を持ってしまった。

この後ろめたい関係は夜咲と付き合えるようになるまで続く。だから俺は、日向のためにも、そして自分のためにも、早く夜咲との関係を進展させないといけないと思った。

だが、あの夏の日から今日まで、俺は夜咲に気持ちを告げられなくなっている。

初めは罪悪感からくるものだと思っていた。とんだ裏切り行為をしてしまった俺が、夜咲に告白なんてしていいものかと。

だけど、本当はそれだけじゃなかった。今の俺にはそれがはっきりと分かっている。

まだ、彼女には伝えることができていないけど。さっき約束したから。今度、改めて伝えるつもりだ。

そうしたらきっと、俺たち三人の関係はもう元に戻れないだろう。でもそれは、既にあの日から変わっていたんだと思う。

それと……俺は、夜咲に償わないといけないことがある。

これまでの俺の愚かな行いで、彼女に多大な迷惑をかけてしまっていることを、この文化祭や体育祭で知った。まさか他学年にまで知れ渡っているとは思っておらず、彼女の優しさにただただ甘え続けていたことを痛感する。

俺たちの関係に変化が生じた時、周りが彼女に対してどう思うか。想像してみると罪悪感がのしかかってくるとともに、俺が捨てなければならない欲求が体の底から湧き上がってきた。

とことん自分に呆《あき》れてしまう。だけどこのまま何もしないわけにはいかない。能動的に動け。彼女が教えてくれた通りに——

「瀬古くん」

綺麗《きれい》な声が聞こえた。廊下の方を見やると、そこには長い黒髪を靡《なび》かせた女の子が立っていた。

「夜咲……」

名前を呼ぶと彼女は嬉《うれ》しそうに微笑《ほほえ》み、教室の中に入ってきて。ゆっくりとした歩調で近づいてくる。

「ふふ。みんな片付けを頑張ってるのに、瀬古くんはおサボりかしら」

「……ごめん。ちょっと休みたくってさ」

夜咲の笑顔が今の俺には眩《まぶ》しくて、つい目を逸《そ》らしてしまう。

正直、今はあまり彼女と同じ空間にいたくない。罪悪感で押し潰されそうになる。

「夜咲はどうしてここに？　なんか取りに来たの？」

夜咲は片付け作業の指揮監督をしていたはずだ。だからこっちに来る用事なんてないと思うのだが。

俺の質問を受けて、夜咲はいたずらっぽい笑みを浮かべた。

「瀬古くんと一緒。私も仕事を抜け出してきたの」

続けて、「おサボり仲間ね」と嬉しそうに言う。

その笑顔に、俺の心は簡単に揺れ動いてしまう。

「実はね」

夜咲が俺の目の前、手を伸ばせば届く距離で止まる。

「ここには、瀬古くんを追いかけてきたの」

また心を揺り動かされる。どうして彼女は、俺を嬉しくさせる言葉をくれるんだ。

「ねえ、瀬古くん」

一歩、また距離を詰めて。まるで逃がさないかのように、俺のことを見つめながら聞く。

「瀬古くんは、晴《はる》のことが好きなのかしら」

「っ！」

突然投げかけられた思いがけない質問に、俺は一瞬息をすることを忘れた。

頭に嫌な思考が駆け抜ける。逃げ出したいと思った。誤魔化《ごまか》そうかとも思った。

……だけど、償うと決めたから。

「好きだよ。俺は、日向のことを一人の女の子として好きだと思ってる」

素直に、自分の気持ちを答えた。

——そう。俺は、日向のことが好きだ。きっと、ずっと前から。あの夏の日、彼女から誘いを受ける前から。

夜咲への想いがあったから、見えないように蓋をしていただけで。俺の中でずっとその気持ちは生きていて、気がつけば夜咲への想いと負けないくらいまで大きくなっていた。

二人の間で揺れ動き、どちらか一人を選ぶことができずにいる。それが、今の俺だ。

「ごめん、夜咲。俺……」

「謝る必要なんてないわ。だって今、瀬古くんは誰のものでもないもの」

笑顔を浮かべて許してくれる夜咲。その笑顔に、俺は胸を痛める。

傷ついて欲しかった。俺が他の誰かを好きになったと聞いて、ショックを受けて欲しかった。

だけど、現実はこうだ。夜咲にとって、やはり俺はただの友人なのだろう。

でも、それでいいと思う。その方が、いいはず。いいはずなんだ。

「もう一つ、質問いいかしら」

もう、何でも答えようと考えた。きっとこれは贖罪《しょくざい》とかではなく、自暴自棄になっているだけだろう。

俺が頷《うなず》いてみせると、夜咲は——少しだけ影のある笑みを浮かべて言う。

「私のこと、今でも好きかしら」

「……え」

一瞬、なんて酷な質問をするんだと思った。

さっき、俺の日向への想いを確認したのに。その質問は、同時に好きな人が二人いる俺を糾弾するためのものでしかないと考えた。

だけど、彼女の表情を見た瞬間——俺は、自分がどれだけ愚かかを悟った。

「好きだ」

素直に言うことが誠意だとか、今はそんなことどうでもよかった。

「夜咲への想いはずっと変わらない。いや、日に日に大きくなるばかりで」

ただ、本当のことを夜咲に知って欲しくて。

「俺は、今もまだ、夜咲のことが死ぬほど好きだ」

自分の想いを、そのまま彼女にぶつけた。

……久しぶりの告白。ちょっと前までずっとしていたことなのに、心臓が爆音を鳴らす。

静寂が訪れ、聞こえてくるのは自分の鼓動だけになる。

「……瀬古くん」

夜咲の右手が俺に向かって伸びる。

その手は俺の頬を引っ叩《ぱた》くことなく、そっと添えられて、

「嬉しいわ」

魅惑的な笑みを浮かべた彼女はそう呟《つぶや》くと、その小さな唇を寄せてきて――


俺の唇に、ぴったりと重ねた。


「んっ……」

意外にも弾力のある唇は、柔らかさの中に肉感を感じさせ。

隙間から漏れる吐息は熱く。

そして、スイーツのような甘みを感じさせた。

「…………え？」

唇が離れ、解放された口から間の抜けた声が出る。

眼前には彼女の綺麗な顔があって、先ほどまで俺のとくっついていた艶《あで》やかな唇が綻び、

「好きよ、瀬古くん」

俺がずっと求めていた、渇望していた言葉を、目の前で笑みを浮かべる彼女は口にした。

「人に好意を伝えるのって、ふふ、とても緊張するのね」

彼女はくすくす可愛《かわい》らしく笑うと、俺の手を取り、

「ほら、瀬古くんも。感じてみて、私の胸の鼓動」

自分の胸に、俺の手を押し当てた。

「……！」

とく、とく、と甘く鳴り響く彼女の鼓動は、次第にその速さを増していく。まるで、俺に触れられて興奮しているように。

「……こんなこと、したらダメだろ」

なんて言葉を口にしながら、右手に伝わる規則的な強い鼓動と、控えめながらたしかに感じる柔らかさを手放せずにいる。

彼女はそんな俺を見て「ふふ」と笑う。

「どうして？　私たち、両思いなのだから。瀬古くんは、私の身体《からだ》に触れてもいいのよ？」

両思い……その言葉に俺の心臓は高鳴り、彼女と同じ鼓動を自分の内から感じる。

その甘く鳴り響く感覚に酔いしれていると、彼女は柔らかい笑みを見せた。

「私は、瀬古くんをたくさん待たせてしまったから。だから、次は私が待つわ」

そう言って、彼女は俺の体にピッタリとくっつく。

「瀬古くんの体、瀬古くんの心。瀬古くんのすべてが、私のものになる時を」

華の香りが鼻腔《びこう》をくすぐり、その色香にあてられる。

「その間、瀬古くんは自由にしていいのよ。晴と仲良くしてもいい」

硝子《がらす》のように綺麗に輝く大きな瞳に捕らわれて、彼女しか見えなくなる。

「けれど、私とも仲良くして欲しいの」

いつもより湿り気を帯びた声が脳に響き、彼女の言葉に俺の意思は潰されていく。

「瀬古くんのしたいこと、私としたいこと。全部、私としましょう？」

夜咲は、艶やかな唇に人差し指を添えて言う。

「晴には内緒で」

好《す》きな子《こ》の親友《しんゆう》に密《ひそ》かに迫《せま》られている２

著　土車《つちぐるま》 甫《はじめ》

角川スニーカー文庫　24181

2024年６月１日　初版発行

発行者　山下直久

発　行　株式会社KADOKAWA
〒102-8177 東京都千代田区富士見2-13-3
電話　0570-002-301（ナビダイヤル）

印刷所　株式会社暁印刷
製本所　本間製本株式会社

Printed in Japan　ISBN 978-4-04-114923-2　C0193

★ご意見、ご感想をお送りください★
〒102-8177 東京都千代田区富士見 2-13-3
株式会社KADOKAWA　角川スニーカー文庫編集部気付
「土車 甫」先生「おれあず」先生